O SORRISO DE ANGELICA

ANDREA CAMILLERI

O SORRISO DE ANGELICA

Tradução de Aline Leal

1ª edição

EDITORA RECORD
RIO DE JANEIRO • SÃO PAULO
2023

CIP-BRASIL. CATALOGAÇÃO NA PUBLICAÇÃO
SINDICATO NACIONAL DOS EDITORES DE LIVROS, RJ

C338s   Camilleri, Andrea
    O sorriso de Angelica / Andrea Camilleri ; tradução Aline
Leal. – 1. ed. – Rio de Janeiro : Record, 2023.

    Tradução de: Il sorriso di Angelica
    ISBN 978-85-01-10980-4

    1. Romance italiano. I. Leal, Aline. II. Título.

22-81384   CDD: 853
                        CDU: 82-31(450)

Meri Gleice Rodrigues de Souza – Bibliotecária – CRB-7/6439

TÍTULO ORIGINAL:
IL SORRISO DI ANGELICA

Il Sorriso di Angelica © 2010 Sellerio Editore, Palermo

Texto revisado segundo o Acordo Ortográfico da Língua Portuguesa de 1990.

Todos os direitos reservados. Proibida a reprodução, no todo ou em parte, através de quaisquer meios. Os direitos morais do autor foram assegurados.

Trechos de *Orlando Furioso*, de Ludovico Ariosto, das págs. 64, 65, 68, 69, 70, 71, 72, 75, 81, 83, 85, 86, 91, 92, 93, 110, 111, 144, 210, 221 retirados de *Orlando Furioso* — Tomo I, tradução de Pedro Garcez Ghirardi, da Ateliê Editorial, 2011, págs. 37, 39, 41, 49, 277, 507, 508, 509, 630, 632, 633, 634 e 635.

Trecho de *Orlando Furioso*, de Ludovico Ariosto, da p. 147 retirado de *Orlando Furioso* — Tomo II, tradução de Pedro Garcez Ghirardi, da Ateliê Editorial, 2023. No prelo

Direitos exclusivos de publicação em língua portuguesa somente para o Brasil adquiridos pela
EDITORA RECORD LTDA.
Rua Argentina, 171 – Rio de Janeiro, RJ – 20921-380 – Tel.: (21) 2585-2000, que se reserva a propriedade literária desta tradução.

Impresso no Brasil

ISBN 978-85-0110-980-4

Seja um leitor preferencial Record.
Cadastre-se no site www.record.com.br e receba informações sobre nossos lançamentos e nossas promoções.

Atendimento e venda direta ao leitor:
sac@record.com.br

Um

Acordou com um sobressalto e se sentou de olhos abertos porque certamente havia escutado alguém falar dentro de seu quarto. E, como estava sozinho em casa, se assustou.

Depois teve vontade de rir, porque lembrou que Livia tinha chegado a Marinella na noite anterior, sem aviso. A surpresa foi bem-vinda, pelo menos de início, e agora ela dormia profundamente ao seu lado.

Através da persiana passava um feixe de luz ainda violáceo do iniciozinho da aurora. Ele então fechou os olhos, sem nem se dar ao trabalho de olhar o relógio, na esperança de ganhar mais algumas horas de sono.

Mas, então, se deu conta de um fato, e logo estava de novo com os olhos arregalados.

Se alguém havia falado em seu quarto, só podia ter sido Livia. Que, portanto, o fizera enquanto dormia.

Mas ela nunca tinha feito isso antes, e se essa não fora a primeira vez, nas últimas, ela falara tão baixo que nem o despertara.

Era possível que, naquele momento, ainda estivesse sonhando e que dissesse mais algumas palavras.

Não, ele não podia perder essa chance.

Uma pessoa que começa a falar de repente no meio do sono não consegue evitar dizer a verdade, a verdade mais profunda. Ele se lembrava de ter lido uma vez que, durante o sonho, não é possível dizer mentiras ou aumentar os fatos, porque uma pessoa adormecida fica sem defesas, está completamente desarmada e é tão inocente quanto uma criança.

Seria muito importante escutar tudo que Livia dissesse. Importante por dois motivos: um de caráter geral, visto que um homem pode viver por cem anos ao lado de uma mulher, dormir junto com ela, ter filhos com ela, respirar o mesmo ar que ela, acreditar tê-la conhecido da melhor forma possível e, no fim, ser convencido de que nunca soube quem é aquela mulher de verdade.

O outro motivo era de caráter pessoal, momentâneo.

Levantou-se da cama com cuidado e olhou para fora pelas frestas da veneziana. O dia surgia sereno, sem nuvens e sem vento.

Depois disso, foi até o lado onde Livia dormia, pegou uma cadeira e sentou-se à cabeceira, quase como se fosse uma vigília noturna num hospital.

Na noite anterior, Livia — esse era o motivo pessoal — tinha feito um escândalo por ciúme, estragando o prazer que ele havia sentido por sua chegada.

As coisas aconteceram assim: o telefone tocou e ela foi atender.

Mas, assim que disse alô, uma voz feminina respondeu:

— Desculpe, foi engano.

E a comunicação foi encerrada imediatamente.

Então, na mesma hora, Livia cismou que aquela era uma mulher com quem ele estava tendo um caso, que os dois teriam marcado um encontro naquela noite e que, assim que ela ouviu a voz dela pelo telefone, desligou.

— Cortei o barato de vocês, hein!... Quando o gato sai os ratos fazem a festa!... O que os olhos não veem, o coração não sente!

Não houve jeito de convencê-la do contrário, e a noite terminou péssima porque Montalbano reagiu mal; estava mais revoltado com o inesgotável batalhão de frases feitas que ela esbravejava do que pela desconfiança de Livia.

E agora Montalbano esperava que Livia dissesse uma besteira qualquer que lhe desse a chance de ir à forra solenemente.

Sentiu muita vontade de fumar um cigarro, mas se segurou. Primeiro porque Livia armaria um barraco se abrisse os olhos e o visse fumando no quarto. Em segundo lugar, porque tinha medo de que o cheiro da fumaça pudesse acordá-la.

Duas horas depois, começou a sentir uma câimbra forte na batata da perna esquerda. Na tentativa de fazê-la passar, começou a balançar a perna para a frente e para trás e foi assim que, descalço, deu um chute na cama sem querer.

Apesar da dor forte, ele conseguiu conter a avalanche de xingamentos que estava prestes a irromper.

A pancada na cama fez efeito, porque Livia suspirou, se mexeu um pouco e falou.

Disse claramente, sem a voz empastada e dando uma risadinha antes:

— Não, Carlo, por trás, não.

Por pouco, Montalbano não caiu da cadeira. Santo Deus, isso foi um pouco demais!

Para ele, uma ou duas palavras sem contexto seriam suficientes, o mínimo para poder fabricar um castelo de acusações sem fundamento, como um santarrão.

Mas Livia tinha dito uma frase inteira, e, porra, com muita clareza!

Como se estivesse perfeitamente acordada.

Era uma frase que poderia significar qualquer coisa, inclusive o pior.

Ela nunca havia mencionado um sujeito chamado Carlo. Mas por quê?

Se nunca tinha falado dele, devia haver algum motivo. E, além disso, o que podia ser essa coisa que ela não queria que Carlo fizesse por trás?

Será que isso significava pela frente sim, mas por trás, não?

Começou a suar frio.

Teve vontade de acordar Livia sacudindo-a forte e de mau jeito, olhá-la com os olhos arregalados e lhe perguntar com voz imperiosa de policial:

— Quem é Carlo? Seu amante?

Mas, no fim das contas, ela era uma mulher.

E, portanto, capaz de negar tudo, mesmo que estivesse tonta de sono. Não, seria uma jogada ruim fazer isso.

O melhor era encontrar forças para esperar e fazer o discurso na hora certa.

Mas qual era a hora certa?

E, depois, precisava dispor de tempo, porque seria um erro lidar com a questão de modo direto, Livia se colocaria na defensiva; não, tinha de fazer rodeios antes de começar o assunto, para que ela não desconfiasse.

Resolveu tomar banho.

A essa altura nem cogitava a ideia de ir deitar de novo.

Estava bebendo o primeiro café daquela manhã quando o telefone tocou.

Eram oito da manhã. Não estava com disposição para ouvir falar de assassinatos. Se fosse o caso, seria ele quem mataria alguém, caso surgisse a oportunidade.

De preferência, alguém chamado Carlo.

No fim das contas, tinha adivinhado, era Catarella.

— Ah dotor, dotor! O que cê tá fazendo, dormindo?

— Não, Catarè, estava acordado. O que houve?

— Houve que aconteceu um rubo.

— Você quis dizer um roubo? E por que veio encher meu saco com isso, hein?

— Dotor, peço compreensão e perdão, mas...

— Mas o cacete! Nem vem com esse papo de compreensão e perdão! Telefone imediatamente para Augello!

Catarella estava quase chorando.

— Era exatamente isso que eu ia dizer, pedindo muitíssima discurpa, dotor. O dotor Augello foi dispensado hoje de manhã.

Montalbano ficou surpreso. Você não demite nem uma empregada de uma hora para a outra hoje em dia!

— Dispensado? Por quem?

— Dotor, foi vossinhoria mesmo em pessoa pessoalmente que dispensou ele ontem depois do almoço!

Montalbano lembrou.

— Catarè, é só uma licença... Ele não foi dispensado!

— E o que eu disse? Não disse isso?

— Escute, Fazio também foi dispensado?

— Eu também queria lhe dizer isso. Teve uma confusão no mercado hoje de manhã, e o policial em questão se incontra no local.

Não havia jeito, ele teria de ir.

— Está bem, o denunciante está aí?

Catarella fez uma breve pausa antes de falar:

— Aí onde, dotor?

— No comissariado, onde mais seria?

— Dotor, mas como eu vô saber quem é a pessoa?

— Tem alguém aí ou não?

— Quem?

— O denunciante.

Catarella ficou mudo.

— Alô?

Catarella não respondeu.

Montalbano achou que a ligação tivesse caído.

E foi tomado pelo enorme, cósmico, irracional medo que o invadia quando um telefonema se interrompia: o de ser a única pessoa que restou viva em todo o universo.

Começou a gritar feito um louco:

— Alô? Alô?

— Tô aqui, dotor.

— E por que não fala?

— Dotor, vossinhoria não se ofende se eu disser que não sei quem é esse tal de dinunciante?

Calma e paciência, Montalbà.

— Seria a pessoa que sofreu o roubo, Catarè.

— Ah, esse homem! Mas o nome dele num é dinunciante, é Períneo.

Será que o nome dele teria algo a ver com órgãos sexuais? Seria possível?

— Tem certeza de que se chama Períneo?

— Boto minha mão no toco, dotor. Períneo Carlo.

Teve vontade de começar a berrar, dois Carlo na mesma manhã era demais para ele.

Sentia uma antipatia por todos os Carlo do mundo naquele momento.

— O Sr. Períneo está no comissariado?

— Não senhor, dotor, telefonou. Ele mora na via Cavurro, 13.

— Ligue para ele e diga que estou a caminho.

Livia não havia acordado nem com o toque do telefone nem com seus berros.

Enquanto dormia, tinha um leve sorriso nos lábios.

Talvez ainda estivesse sonhando com Carlo, a desgraçada.

Foi invadido por uma raiva incontrolável.

Pegou uma cadeira, levantou-a, bateu-a no chão.

Livia acordou de repente, assustada.

— O que foi?

— Nada, desculpe. Tenho de ir. Volto para o almoço. Tchau.

Saiu às pressas para não começar uma briga.

Via Cavour pertencia ao bairro onde moravam as pessoas ricas de Vigata.

Havia sido planejado por um arquiteto que, no mínimo, merecia ser condenado à prisão perpétua. Uma casa parecia um galeão espanhol da época dos piratas, enquanto a do lado tinha sido claramente inspirada no Panteão...

Estacionou em frente ao número 13, que parecia a pirâmide de Miquerinos, desceu e entrou no prédio. À esquerda, ficava a guarita de madeira e vidro do porteiro.

— Em qual andar mora o Sr. Períneo?

O porteiro, um cinquentão alto e parrudo, que claramente frequentava a academia, pousou o jornal que estava lendo, tirou os óculos, levantou-se, abriu a porta da cabine e saiu.

— Não se incomode, por favor — disse Montalbano. — Eu só preciso...

— Você precisa de alguém que quebre sua cara — disse o porteiro, erguendo o braço direito com o punho fechado.

Montalbano ficou surpreso e deu um passo para trás.

O que deu nesse homem?

— Escute, espere, deve haver um engano. Estou procurando o Sr. Períneo e sou...

— É melhor você ir embora agora.

Montalbano perdeu a paciência.

— Sou o comissário Montalbano, porra!

O homem hesitou.

— É mesmo?

— Quer ver o documento de identificação?

O porteiro enrubesceu.

— Maria, mãe de Deus, é verdade! Agora o estou reconhecendo! Me desculpe, eu confundi o senhor com um sujeito que estava de provocação! Me desculpe de novo. Mas, olhe, aqui não mora nenhum Períneo.

Claro que, como de costume, Catarella lhe dissera o nome errado.

— Tem alguém com um nome parecido?

— Tem o Dr. Peritore.

— Pode ser ele. Qual é o andar?

— Segundo.

O porteiro acompanhou-o ao elevador sem parar de se desculpar e fazer reverências.

Montalbano chegou à conclusão de que Catarella, de tanto confundir os nomes, mais cedo ou mais tarde faria com que levasse um tiro de alguém que tivesse o pavio mais curto.

O homem elegante de quarenta anos que abriu a porta para o comissário usava óculos, era louro e magro, e acabou não sendo antipático como ele esperava.

— Bom dia. Sou Montalbano.

— Fique à vontade, comissário. Me acompanhe, por favor. Fui avisado de que o senhor viria. Naturalmente, o apartamento está desarrumado, eu e minha mulher não quisemos tocar em nada.

— Queria dar uma olhada.

Quarto, sala de jantar, quarto de hóspedes, sala, escritório, cozinha e dois banheiros, todos de pernas para o ar.

Armários, grandes e pequenos, estavam com as portas abertas e as coisas haviam sido jogadas no chão, uma estante completamente esvaziada e os livros desordenados no piso, escrivaninhas e prateleiras com as gavetas para fora.

Ladrões e policiais tinham isso em comum quando revistavam um local; um terremoto certamente teria deixado as coisas um pouco mais arrumadas.

Na cozinha estava uma moça de uns trinta anos, que também era loura, graciosa e gentil.

— Minha mulher, Caterina.

— O senhor quer um café? — perguntou a senhora.

— Por que não? — disse o comissário.

No fim das contas, a cozinha era o cômodo menos revirado.

— Talvez seja melhor conversarmos aqui — disse Montalbano, sentando-se numa cadeira.

Peritore também se sentou.

— Me parece que a porta de entrada não foi forçada — continuou o comissário. — Entraram pelas janelas?

— Não. Entraram com as nossas chaves — disse Peritore.

Pôs a mão no bolso, pegou um molho de chaves e colocou-o na mesinha.

— Foram deixadas na entrada.

— Me desculpem, mas então vocês não estavam presentes quando roubaram a casa?

— Não. Justamente ontem à noite fomos dormir na nossa casa de praia, em Punta Piccola.

— Ah. E como conseguiram entrar aqui se os ladrões estavam com as chaves?

— Deixo sempre as reservas com o porteiro.

— Desculpem, não entendi. Como os ladrões conseguiram as chaves para entrar aqui?

— Na nossa casa de praia.

— Enquanto vocês dormiam?

— Exatamente.

— E não levaram nada de lá?

— Sim, levaram.

— Então foram dois roubos?

— Exatamente.

— Me perdoe, comissário — disse a Sra. Caterina, servindo-lhe o café. — Talvez seja melhor eu contar, meu marido não está conseguindo organizar as ideias. Então, acordamos hoje de manhã por volta das seis com um pouco de dor de cabeça. E, no mesmo momento, percebemos que alguém tinha arrombado a porta da casa de praia, colocado algum gás para nos manter dormindo e feito o que quis lá dentro.

— Vocês não ouviram nada?

— Absolutamente nada.

— Estranho. Porque, veja, antes de apagarem vocês, eles tiveram de arrombar a porta. A senhora mesmo acabou de me dizer. E algum barulho...

— Bem, nós estávamos...

A mulher enrubesceu.

— Estavam?

— Digamos que bastante altinhos. Estávamos comemorando nosso quinto aniversário de casamento.

— Entendo.

— Resumindo, não ouvimos as pancadas.

— Continue.

— No paletó do meu marido, os ladrões encontraram a carteira com o documento de identidade e o endereço desta casa, junto com as chaves daqui e do carro. Entraram sem impedimento no automóvel, vieram aqui, abriram a porta, roubaram o que havia para ser roubado e adeus.

— O que levaram?

— Bem, além do carro, não levaram muita coisa da casa de praia. No total foram nossas alianças, o Rolex do meu marido, meu relógio com brilhantes, um colar meu de certo valor, dois mil euros em dinheiro, nossos dois computadores, os celulares e os cartões de crédito, que, aliás, já cancelamos.

E acha pouco.

— E um marina de Carrà — concluiu a mulher com naturalidade.

Montalbano pulou na cadeira.

— Um marina de Carrà? E vocês o deixavam dando sopa assim?

— Bem, esperávamos que não fosse possível que alguém entendesse o valor.

Mas tinham entendido o valor.

— E aqui?

— Aqui o prejuízo foi maior. Por enquanto, o porta-joias com todas as minhas coisas.

— Coisas de valor?

— Por volta de um milhão e meio de euros.

— E o que mais?

— Os outros quatro Rolex do meu marido, que faz coleção.

— E só?

— Cinquenta mil euros. E...

— E?

— Um Guttuso, um Morandi, um Donghi, um Mafai e um Pirandello que meu sogro tinha deixado de herança ao filho — disse a mulher sem parar para respirar.

Resumindo, uma galeria de arte de enorme valor.

— Uma pergunta — disse o comissário. — Quem sabia que vocês iriam comemorar o aniversário de casamento na mansão de Punta Piccola?

Marido e mulher se entreolharam por um instante.

— Bem, nossos amigos — respondeu a mulher.

— E de quantos amigos estamos falando?

— Uns quinze.

— Vocês têm empregada?

— Sim.

— Ela também sabia?

— Ela, não.

— Vocês têm seguro para roubo?

— Não.

— Escutem — disse Montalbano, levantando-se. — Devem ir imediatamente ao comissariado prestar a queixa oficial. Eu preciso da descrição detalhada das joias, dos Rolex e dos quadros.

— Está bem.

— Preciso também da lista completa dos amigos que sabiam, com respectivos endereços e números de telefone.

A senhora deu uma risadinha.

— O senhor não está desconfiando deles, espero.

Montalbano olhou-a.

— A senhora acha que se ofenderiam?

— Claro.

— Então não diga nada a eles, deixe isso por minha conta. Nos vemos novamente no comissariado.

E saiu.

Dois

Assim que entrou no comissariado, percebeu que Catarella parecia triste e aflito.

— O que houve?

— Nada, dotor.

— Você sabe que tem de me dizer tudo! Desembucha logo... O que aconteceu?

Catarella explodiu:

— Dotor, não é curpa minha se o dotor Augello vai passar um tempo fora! Não é curpa minha se Fazio tinha ido ao mercado! Com quem eu poderia falar? Quem me sobrava? Só vossinhoria! E vossinhoria me tratou muito mal!

Estava chorando e, para não deixar que Montalbano visse, falava com o corpo virado de lado.

— Me desculpe, Catarè, mas, de manhã, eu estava nervoso por causa de questões pessoais. Não tem nada a ver com você. Desculpe de novo.

O comissário estava prestes a se sentar à sua mesa quando Fazio apareceu.

— Doutor, peço desculpas por não poder ter ido no seu lugar, mas a briga no mercado...

— Esta é a manhã das desculpas, pelo visto. Tudo bem, sente-se que vou lhe contar sobre o roubo.

No fim, Fazio balançou a cabeça.

— Curioso — disse.

— Claro, trata-se de um roubo planejado com perfeição. Nunca vi algo assim em Vigata.

Fazio fez um gesto de não com a cabeça.

— Eu não estava me referindo à perfeição, mas à semelhança.

— Como assim?

— Doutor, há três dias aconteceu um roubo exatamente idêntico a esse, uma cópia perfeita.

— E por que não fui informado?

— Porque vossenhoria nos disse que não queria que enchessem seu saco com histórias de roubos. O doutor Augello cuidou do assunto.

— Me conte mais.

— O senhor conhece o advogado Lojacono?

— Emilio? Aquele cinquentão gordo que manca?

— Esse mesmo.

— O que tem ele?

— Todos os sábados de manhã, a esposa dele viaja para Ravanusa para visitar a mãe.

— Exemplo maravilhoso de amor filial. Mas por que diabos eu me importaria se ela visita a mãe? O que isso tem a ver?

— Vai fazer sentido. Tenha um pouquinho de paciência. O senhor conhece a Dra. Vaccaro?

— A farmacêutica?

— Essa mesma. O marido dela também viaja para Favara para visitar a mãe todos os sábados de manhã.

Montalbano começou a ser tomado pelo nervosismo.

— Você pode ir direto ao ponto?

— Estamos quase lá. Então, tanto o advogado Lojacono como a Dra. Vaccaro aproveitam a ausência dos respectivos cônjuges e passam as noites de sábado tranquilamente juntos na casa de veraneio do advogado.

— Há quanto tempo são amantes?

— Há mais de um ano.

— E quem sabe disso?

— A cidade toda.

— Que beleza. E como aconteceu?

— O advogado é conhecido por ser um homem metódico, faz sempre as mesmas coisas, nunca foge do padrão. Por exemplo, quando vai à casa de veraneio com a amante, sempre coloca as chaves em cima da televisão que fica a um metro da janela, deixada aberta pela metade, dia e noite, verão e inverno. Está compreendendo?

— Claro.

— Os ladrões passaram pela grade uma haste de madeira de mais de três metros com a ponta metálica magnetizada e, através da janela, atraíram o molho de chaves e o pegaram.

— Como descobriram que eles usaram uma haste?

— Nós a encontramos no local.

— Continue.

— Com as chaves, abriram a cancela e os portões sem fazer barulho, depois entraram no quarto e usaram um gás para manter o advogado e a doutora dormindo. Pegaram as coisas de valor e então entraram nos dois carros, porque a doutora tinha ido com o dela, e vieram aqui para Vigata roubar as respectivas casas.

— Então eram três ladrões no mínimo?

— Por quê?

— Porque obrigatoriamente tinha de haver um terceiro homem, o que dirigia o carro dos ladrões.

— É verdade.

— Me explique por que os canais de TV locais não noticiaram nada disso?

— Agimos rápido. Tentamos evitar um escândalo.

Nesse momento, Catarella apareceu.

— Peço compreensão e perdão, mas o casal Períneo acabou de chegar agorinha mesmo.

Montalbano olhou feio para Catarella, mas preferiu não lhe dizer nada.

Era capaz que ele começasse a chorar de novo.

— O nome deles é esse mesmo? — Fazio se espantou.

— Até parece! O nome deles é Peritore. Escute, leve-os até sua sala, registre a queixa e a lista dos pertences roubados e depois volte aqui.

Após uma meia hora assinando papéis, que formavam uma montanha em cima de sua mesa, o telefone tocou.

— Dotor, acontece que sua noiva está aqui.

— Aqui?

— Não, senhor, se encontra na linha.

— Diga a ela que não estou — disse de impulso.

Catarella ficou desorientado.

— Dotor, peço compreensão e perdão, mas talvez vossinhoria não tenha entendido quem se encontra na linha. A mencionada é sua noiva Livia, não sei se me expliquei...

— Eu entendi, Catarè, é para dizer que não estou.

— Como vossinhoria quiser.

E instantes depois Montalbano se arrependeu. Mas que besteira era aquela? Estava agindo como um moleque que tinha brigado com a namoradinha. E agora? Como consertar? Pensou um pouco.

Levantou-se e foi até Catarella.

— Me empreste seu celular.

Catarella lhe entregou o aparelho. Montalbano foi ao estacionamento, entrou no carro, deu a partida e saiu. Quando estava no meio do trânsito, telefonou para Livia do celular.

— Alô, Livia? É Salvo. Catarella me disse que... Estou dirigindo, seja rápida, fale.

— Parabéns para a sua Adelina! — começou Livia.

— O que ela fez?

— Antes de qualquer coisa, apareceu na minha frente enquanto eu estava nua! Nem bateu na porta!

— Desculpe, por que ela deveria ter batido? Ela não devia saber que você estava lá, e como tem as chaves...

— Você sempre dá um jeito de defendê-la! Sabe o que ela disse assim que me viu?

— Não.

— Disse, ou pelo menos foi o que eu entendi, já que fala naquele dialeto africano de vocês que eu nunca entendo: "Ah, não sabia que a senhora estava aqui. Vou embora, então. Bom dia." Deu as costas e se foi!

Montalbano preferiu não se aprofundar no assunto do "dialeto africano".

— Livia, você sabe muito bem que Adelina não vai com a sua cara. É uma velha história. Será possível que sempre...

— É possível, sim! Eu também não vou com a cara dela!

— Viu que ela fez bem em ir embora?

— Vamos deixar para lá que é melhor. Vou a Vigata de ônibus.

— Fazer o quê?

— Ir ao supermercado. Quer almoçar ou não?

— Claro que quero almoçar! Mas por que você precisa se incomodar? Você veio para passar dois dias de férias, certo?

Que grande hipócrita. A verdade era que Livia não sabia cozinhar; sempre que comia um prato preparado por ela, acabava passando mal.

— E o que faremos?

— Eu busco você de carro por volta de uma hora e vamos ao Enzo. Enquanto isso, aproveita o sol.

— Já tenho sol suficiente em Boccadasse.

— Não duvido. Mas eu tenho uma solução para você. Aqui você poderia tomar sol na parte da frente; digamos, no rosto e no peito. Já em Boccadasse, na parte de trás, ou seja, nas costas.

Mordeu a língua. Aquilo tinha escapado.

— Que bobagens são essas? — perguntou Livia.

— Nada, desculpe, estava fazendo uma piadinha. Até mais tarde.

Voltou ao comissariado.

Fazio apareceu uma hora depois.

— Tudo certo. Foi demorado. Eu devo lhe dizer que esse roubo foi bem lucrativo para os ladrões!

— E o anterior?

— Havia menos coisas de valor, mas, juntando o que encontraram nas duas casas, eles se deram bem lá também.

— Devem ter um organizador que sabe como agir.

— E o chefe da gangue também não brinca em serviço.

— Certamente vamos ouvir falar deles de novo. Eles lhe deram a lista dos amigos?

— Sim.

— A partir de hoje, depois do almoço, você começa a interrogar um por um.

— Está bem. Ah, doutor, fiz uma cópia para o senhor.

Entregou a folha.

— Do quê?

— Da lista dos amigos do casal Peritore.

* * *

Após a saída de Fazio, resolveu ligar para Adelina.

— Por que não me disse que sua noiva estava na sua casa? — questionou a empregada.

— Porque nem eu sabia que vinha. Ela quis fazer uma surpresa.

— Fez uma bela surpresa para mim também. Estava peladona!

— Escute, Adelì...

— Quando ela vai embora?

— Talvez daqui a dois ou três dias. Pode deixar que eu aviso. Deixa eu lhe perguntar, seu filho está solto?

— Qual?

— Pasquali.

Os dois filhos homens de Adelina, Giuseppe e Pasquale, eram delinquentes incorrigíveis que volta e meia estavam presos.

Pasquale, que Montalbano tinha prendido algumas vezes, era particularmente afeiçoado ao comissário e, aliás, quis, para horror de Livia, que batizasse seu filho.

— Sim, está solto nesse momento. Mas Giuseppi não. Está preso em Palermo.

— Pode perguntar para Pasquali se hoje, depois do almoço, vamos dizer por volta das quatro horas, pode ir ao comissariado?

— O que vai fazer? Quer prendê-lo?

Adelina havia ficado alarmada.

— Fique tranquila, Adelì. Só quero conversar com ele. Palavra de honra.

— Como vossenhoria quiser.

* * *

Passou para buscar Livia, e a encontrou na varanda lendo um livro, enervada e silenciosa.

— Aonde quer ir?

— Sei lá.

— Quer ir ao Enzo?

— Sei lá.

— Ou ao Carlo?

Não existia nenhum restaurante com esse nome, mas, de repente, dada a recepção de Livia, tinha decidido partir para a ofensiva.

O que tivesse de acontecer, aconteceria.

— Sei lá — disse Livia pela terceira vez, indiferente.

Não ligara os fatos ao ouvir o nome.

— Sabe de uma coisa? Vamos ao Enzo e não se fala mais nisso.

Livia continuou lendo o livro por mais cinco minutos, por simples desaforo, deixando Montalbano esperando em pé ao seu lado.

Ao chegarem à trattoria, o dono, Enzo, foi correndo reverenciar Livia.

— Que surpresa maravilhosa! É um prazer revê-la!

— Obrigada.

— A senhorita é um verdadeiro colírio para os olhos! Uma verdadeira maravilha! Mas me explique como é que a senhorita, sempre que me dá a honra de vir aqui, está cada vez mais bonita?

Como um raio de sol, um sorriso repentino desanuviou a expressão de Livia.

Mas como é que, agora, aquele dialeto não era mais africano e ela conseguia entendê-lo? Montalbano se perguntou.

— O que desejam? — perguntou Enzo.

— Estou com um pouco de fome agora — disse Livia.

Se os elogios de Enzo abriam seu apetite, imagine o efeito que os de Carlo deviam ter!

O nervosismo de Montalbano dobrou.

— Temos espaguete com ouriços-do-mar fresquíssimos, pegos de manhã cedo, que estão uma delícia — disse Enzo.

— Pode trazer os ouriços-do-mar — consentiu Livia, piscando os olhos como a Minnie para o Mickey.

— E o que o senhor vai querer? — perguntou Enzo ao comissário.

"Eu quero arrancar os dois olhos da minha noiva com esse garfo", pensou Montalbano.

Em vez disso, falou:

— Não estou com muito apetite. Pode trazer alguns antepastos.

Depois de ter devorado o espaguete, Livia sorriu para o noivo e colocou a mão em cima da dele, acariciando-a.

— Me desculpe por ontem à noite.

— Ontem à noite? — disse Montalbano, falso como uma nota de três euros, fingindo que não se lembrava de nada.

— Sim, ontem à noite. Fui uma verdadeira idiota.

Ah, não! Assim não valia! Não era justo!

Montalbano sentiu-se desnorteado.

Fez um gesto com a outra mão que significava tudo e nada ao mesmo tempo e murmurou alguma coisa.

Livia considerou aquilo um gesto de paz.

Quando saíram da trattoria, Livia disse que queria ir até Montelusa porque fazia tempo que não dava um pulo lá.

— Pegue o carro — disse Montalbano.

— E você?

— Não vou precisar.

* * *

Já que não tinha comido quase nada, não havia necessidade de dar a habitual voltinha digestiva e meditativa pelo cais até o farol.

O fato de Livia tê-lo colocado na condição de não poder falar sobre Carlo tinha deixado um nó na sua garganta.

Mas deu o passeio mesmo assim, na esperança de afastar o nervosismo.

Porém, quando se sentou na pedra achatada de sempre, o olho foi direto na grande torre que dominava o panorama.

Carlo V mandara construí-la.

Mas quantos Carlo existiam no mundo?

Ao vê-lo chegar, Catarella mexeu os braços.

— Ah, dotor! Acontece que está aqui o filho de sua empregada o esperando! Ele disse que vossinhoria o convocou.

— Diga para ir à minha sala.

Entrou na sala, sentou-se à mesa e Pasquale apareceu.

Apertaram as mãos.

— Como está seu filho?

— Crescendo que é uma beleza.

— E sua mulher?

— Bem. E a Srta. Livia?

— Bem, obrigado.

Quando o ritual acabou, Pasquale começou:

— Minha mãe me disse...

— Sim, tenho de lhe perguntar uma coisa. Sente-se.

Pasquale se sentou.

— Pode falar.

— Por acaso chegou aos seus ouvidos algo sobre esses roubos recentes feitos com muita habilidade?

Pasquale ficou com um ar desinteressado. Depois torceu a boca em uma expressão depreciativa.

— Sim. Ouvi alguma coisinha.

— E que coisinha, por exemplo?

— Bem, coisas que dizem por aí... que uma pessoa escuta por acaso... quem sabe passando por perto...

— E o que você ouviu dizerem por acaso, passando por perto?

— Doutor, vou lhe contar, mas o caso fica entre mim e o senhor. Estamos combinados?

— Claro.

— Ouvi dizer que não é coisa nossa.

Os ladrões de Vigata, portanto, não estavam envolvidos.

— Eu tinha imaginado.

— Esses são mestres de trabalho fino.

— Isso. Imigrantes?

— Não senhor.

— Pessoas do norte?

— Não senhor.

— E então?

— Sicilianos, como eu e o senhor.

— Da província?

— Sim.

Era preciso saber lidar com a situação, Pasquale não gostava de falar do assunto com o comissário.

Uma coisa é serem amigos, outra é dar uma de dedo-duro.

E, depois, quando se trata da polícia, quanto menos falar, melhor para você.

— Na sua opinião, por que decidiram vir trabalhar em Vigata de repente?

Antes de responder, Pasquale encarou os sapatos, depois olhou para o teto, então fixou o olhar acima da janela e, no fim, resolveu abrir a boca.

— Foram chamados.

Tinham sido chamados? Pasquale disse isso com uma voz tão baixa que Montalbano não entendeu.

— Fale mais alto.

— Foram chamados.

— Explique-se melhor.

Pasquale abriu os braços.

— Doutor, dizem que foram expressamente chamados por alguém daqui, de Vigata. É essa pessoa que está no comando.

— Portanto, esse sujeito seria ao mesmo tempo a mente por trás de tudo e o chefe da gangue?

— É o que parece.

Acontecia com frequência que uma gangue de ladrões mudasse de cidade, mas nunca tinha ouvido falar de uma gangue expressamente recrutada.

— Ele é um dos ladrões?

— Não me consta que seja.

Ai! Se não era um ladrão profissional, o assunto ficava mais complicado.

E quem podia ser?

E por que o fazia?

Três

— Como você enxerga o que aconteceu, Pasquà?

— Como assim, doutor?

— Digamos do seu ponto de vista.

De ladrão, está subentendido.

Pasquale sorriu.

— Doutor, o senhor viu a haste?

— Qual haste?

— A magnetizada, do primeiro furto.

— Não, não vi. E você?

O sorriso de Pasquale ficou mais divertido.

— Doutor, acha que ainda caio nos seus truques? Se eu tivesse visto a haste significaria que faço parte da gangue.

— Desculpe, Pasquà, saiu espontaneamente.

— Eu também não vi a haste, mas me descreveram.

— E como é?

— De uma madeira especial, leve e forte, tipo cana, mas feita de modo retrátil. Fui claro? Um instrumento que mandaram fazer com um propósito, para servir em várias ocasiões.

— E aí?

— Explique para mim por que a deixaram no local depois do roubo? Eu a teria levado comigo, até porque, sendo retrátil, nem atrapalharia.

— Sabe que também deixaram as chaves do roubo desta manhã?

— Não, senhor, não sabia. Nem isso faz sentido para mim. Um molho de chaves sempre pode ser útil.

— Escute, Pasquà, vou lhe fazer uma última pergunta. Esses ladrões também roubaram três carros. Você sabia disso?

— Sim.

— O que fizeram com eles?

— Doutor, na minha opinião, se livraram deles e ganharam em cima.

— Como?

— Se eram carros de luxo, tem gente que compra para levá-los para o exterior.

— E se não eram de luxo?

— Existem os desmontadores que pagam bem pelas peças de reposição.

— Você conhece algum?

— Algum o quê?

— Desses desmontadores.

— Não é minha especialidade.

— Tudo bem. Tem mais alguma coisa para me dizer?

— Não, senhor.

— Até logo e obrigado, Pasquà.

— À disposição, doutor.

Ele já tinha percebido que aqueles roubos eram coisa de forasteiros, especialistas, profissionais; já os ladrões de Vigata eram mais primitivos e ingênuos, arrombavam uma porta e entravam, nunca, porém, quando havia gente dentro, e nunca, nunca mesmo, sonhariam, por exemplo, em fabricar uma haste como a que usaram para o primeiro roubo.

A gangue devia ser formada por quatro pessoas: os três vindos de fora, que agiam no local, e o quarto, o idealizador de tudo. Que, talvez, fosse o único morador de Vigata. Os outros, após o golpe, muito provavelmente voltavam às próprias cidades.

Sentia, por instinto e por experiência, que seria uma investigação difícil.

O olhar pousou em cima da folha que Fazio havia deixado; a lista dos amigos dos Peritore. Eram dezoito no total.

Começou a passar os olhos distraidamente e, no quarto nome, teve um sobressalto.

Adv. Emilio Lojacono.

Aquele que estava em sua casa de veraneio com a amante e que tinha sofrido o primeiro furto.

Continuou a ler com mais atenção.

No décimo sétimo nome deu outro salto.

Dra. Ersilia Vaccaro.

A amante do advogado Lojacono.

De repente, teve um lampejo.

Uma intuição que não podia ter nenhuma justificativa lógica.

Ou seja, que o próximo roubo certamente aconteceria na casa de um dos dezesseis nomes restantes da lista.

Por isso, o que Fazio lhe contaria a respeito dos amigos dos Peritore seria importantíssimo.

E, justamente nesse momento, Fazio telefonou para ele.

— Doutor, queria dizer...

— Me escute primeiro. Você tinha se dado conta de que na lista dos Peritore estão também...

— O advogado Lojacono e a doutora Vaccaro? Claro que me dei conta, imediatamente!

— E o que acha disso?

— Que o nome da próxima vítima está nessa lista.

Então tudo bem.

Queria ter sido brilhante, mas não tinha dado certo.

Aquele era o dia no qual estava destinado a ser pego no contra-ataque por todos.

Apesar de que era comum que Fazio chegasse exatamente às mesmas conclusões que ele.

— O que queria me dizer?

— Ah, doutor, soube que a Srta. Livia está na cidade.

— Sim.

— Minha mulher ficaria muitíssimo feliz se amanhã à noite vocês viessem jantar na nossa casa. A não ser que o senhor tenha alguma objeção.

E por que teria alguma objeção?

Entre outros motivos, coisa que não podia ser deixada de lado, a Sra. Fazio cozinhava muito bem.

— Obrigado, vou falar com Livia. Nós adoraríamos ir. Nos vemos amanhã de manhã.

— Catarella!

— Às ordens, dotor!

— Venha aqui imediatamente.

Antes mesmo de colocar o telefone de volta no lugar, Catarella se materializou em sua frente, imóvel, em posição de sentido.

— Catarè, preciso lhe pedir uma coisa que você vai resolver em cinco minutos no computador.

— Dotor, por vossinhoria fico até cem anos em frente ao cumputador!

— Preciso de uma lista de todos os desmontadores de carro da nossa província que foram condenados por receptação.

Catarella ficou hesitante.

— Não entendi muito bem, dotor.

— Tudo ou uma parte?

— Uma parte.

— Qual?

— A última palavra que disse.

— Receptação?

— Essa.

— Bem, é quando uma pessoa compra uma coisa sabendo que foi roubada.

— Entendi, dotor. Mas se puder escrever para mim é melhor.

— Ah, escute — disse Montalbano, dando-lhe um papelzinho no qual escrevera "receptação" —, encontre Fazio e me passe a ligação.

O telefone tocou.

— Diga, doutor.

— Você se lembra das marcas e das placas dos três carros roubados?

— Não, senhor. Mas, se for à minha sala, tem uma folha em cima da minha mesa onde está tudo escrito.

Fazio era organizadíssimo, quase meticuloso, e Montalbano não demorou muito para achar o papel.

Fez uma cópia e voltou à sua sala.

DAEWOO CZ 566 RT doutora Vaccaro.

VOLVO AC 641 RT advogado Lojacono.

PANDA AV 872 RT casal Peritore.

Entendia tanto de carros quanto de astrofísica, mas teve a certeza de que nenhum deles era de luxo.

Menos de cinco minutos depois, entrou Catarella e colocou uma folha na mesa dele.

Angelo Gemellaro, via Garibaldi 32, Montereale, tel. 0922 4343217.

Oficina: via Martiri di Belfiore, 82. Uma condenação.

Carlo Butticè, via Etna 38, Sicudiana, tel. 0922 468521.

Oficina: via Gioberti, 79. Uma condenação.

Carlo Macaluso, viale Milizie 92, Montelusa, tel. 0922 2376594.

Oficina: via Saracino s.n. Duas condenações.

Aí está: de três delinquentes, dois se chamavam Carlo. E isso certamente devia significar alguma coisa. A estatística nunca errava.

Deus do céu, às vezes a estatística chegava a resultados de manicômio, mas, em geral...

Não havia um minuto a perder, provavelmente os ladrões ainda não tinham posto no mercado o carro do casal Peritore.

— Catarella, ligue para o doutor Tommaseo e me passe.

Teve tempo de repassar a tabuada de sete.

— Diga, Montalbano.

— Pode me receber daqui a uns vinte minutos?

— Venha.

Colocou no bolso a lista dos três desmontadores de carro, chamou Gallo e partiu para Montelusa com uma viatura.

Demorou uma hora inteira para convencer o promotor público Tommaseo a grampear os três números de telefone.

Logo que se falava de interceptação, os promotores públicos se fechavam como ouriços.

E se, depois, calhasse que um assaltante, um traficante ou um cafetão fosse amigo íntimo de algum deputado? Certamente o pobre magistrado se daria mal.

Por isso, o governo estava tentando fazer uma lei que proíba esse recurso, mas ainda não havia feito, felizmente.

Voltou, satisfeito, ao comissariado.

* * *

Após entrar em sua sala, em menos de cinco minutos, o telefone tocou.

— Ah, dotor, acontece que estaria aqui a senhorita sua noiva, que me disse que o esperava no estacionamento, mas eu logo lhe disse que vossinhoria não estava. Então ela, continuo falando de sua noiva, me disse exatamente que o esperava mesmo assim. E agora o que fazemos?

— Mas por que disse a ela que eu não estava?

— Porque de manhã vossinhoria me disse para lhe dizer isso.

— Mas agora não é de manhã!

— É verdade, dotor. Mas eu não recebi uma ordem contrária. E então não sabia se a briga era passageira ou permanente.

— Escute, veja onde ela está estacionada.

Catarella voltou imediatamente ao telefone.

— Ah, dotor! Está bem em frente ao portão da intrada.

— Se diz entrada, Catarè.

A única coisa que podia fazer era tentar uma saída de sitiado.

— A porta dos fundos do comissariado está aberta?

— Não, senhor, fica sempre trancada.

— Puta merda! E quem tem as chaves?

— Eu, dotor.

— Vá abri-la, então.

Levantou-se, percorreu o comissariado inteiro e chegou à porta dos fundos, que Catarella segurava aberta para ele.

Saiu à rua, virou a esquina, virou outra e chegou ao portão da frente.

Ao vê-lo, Livia deu uma leve buzinada.

Montalbano sorriu para ela e entrou no carro.

— Está esperando há muito tempo?

— Nem cinco minutos.

— Aonde vamos?

— Você se incomoda se passarmos em casa? Quero tomar um banho.

Enquanto Livia estava no banheiro, o comissário ficou na varanda curtindo a noite e fumando um cigarro.

Então Livia apareceu, pronta para sair.

— Aonde quer ir? — perguntou Montalbano.

— Você decide.

— Queria ir a um lugar onde nunca estive, na praia, depois de Montereale. Enzo me disse que a comida lá é boa.

— Se Enzo lhe disse...

Alguém que conhecesse o caminho levaria uns vinte minutos para chegar ao restaurante. O comissário errou o caminho quatro vezes e demorou exatamente uma hora.

Para completar o clima ruim, provocou uma briguinha com Livia, que tinha lhe sugerido o trajeto certo.

Era um restaurante de verdade, com garçons de uniforme, fotos de jogadores de futebol e de cantores nas paredes.

Para evitar isso tudo, resolveram se sentar a uma mesinha na varanda que dava para o mar.

O ambiente estava lotado com turistas ingleses já meio embriagados com o ar salgado.

Esperaram quinze minutos antes que se apresentasse à mesa um garçom que, na lapela do paletó, tinha uma plaquinha verde pendurada com o nome escrito em preto: Carlo.

Os pelos dos braços do comissário se eriçaram como os de um gato enfurecido.

Tomou uma decisão por impulso.

— Pode voltar daqui a cinco minutos? — perguntou ao garçom.

— Claro. Como o senhor quiser.

Livia olhou-o com surpresa.

— O que foi?

— Tenho de ir ao banheiro.

Levantou-se e saiu às pressas, sob o olhar perplexo de Livia.

— Onde está o gerente? — perguntou a um garçom.

— No caixa.

Foi ao caixa. Lá estava um sessentão com bigodes à la rei Humberto e óculos de ouro.

— Pois não.

— Sou o comissário Montalbano.

— Que prazer! Meu amigo Enzo...

— Me desculpe, mas estou com pressa. A senhora que está comigo, minha noiva, há dez dias sofreu a perda do amadíssimo irmão que se chamava Carlo. Agora o garçom da nossa mesa se chama Carlo e eu não queria, entende, que...

— Entendi tudo, comissário. Vou mandar substituí-lo.

— Eu lhe agradeço profundamente.

Voltou a se sentar. Sorriu para Livia.

— Desculpe, foi uma necessidade repentina e urgente.

Chegou outro garçom, que se chamava Giorgio.

Pediram os antepastos.

— Mas o nome do primeiro garçom não era Carlo? — perguntou Livia.

— Era Carlo? Não reparei.

— Sabe-se lá por que o trocaram.

— É um problema para você?

— Por que seria um problema?

— Me pareceu que você estava lamentando!

— Mas do que você está falando? Era só mais bonitinho.

— Bonitinho! Talvez tenha sido bom, sabe?

Livia olhou-o cada vez mais perplexa.

— Termos mudado de garçom?

— Sim.

— Por quê?

— Porque mais de sessenta por cento das pessoas que se chamam Carlo são delinquentes. É só olhar as estatísticas.

Sabia que estava dizendo besteira atrás de besteira, mas não conseguia raciocinar direito por causa da raiva e do ciúme. Não conseguia evitar.

— Mas ora!

— Não precisa acreditar. Você conhece muitos homens chamados Carlo?

— Alguns.

— E são todos delinquentes?

— Mas o que deu em você, Salvo?

— Em mim? Em você, isso sim! Está criando um caso enorme sobre esse Carlo! Se quiser, mando seu Carlo voltar!

— Você ficou maluco?

— Não, não fiquei maluco! É você que...

— Aqui estão os antepastos — disse o garçom.

Livia esperou que se afastasse para falar.

— Me escute bem, Salvo. Sei que dei uma de cretina ontem à noite, mas, pelo visto, hoje você está tentando me superar. Agora, preste atenção, não estou com a menor vontade de passar minhas noites aqui brigando com você. Se pretende continuar assim, chamo um carro, peço para me levarem até Marinella, pego a mala, sigo para Palermo e tomo o primeiro voo para o norte. Você decide.

Montalbano, que já estava com vergonha da cena de antes, disse apenas:

— Prove os antepastos. Parecem bons.

E bom estava o primeiro prato também.

38

E muito bom o segundo.

E as duas garrafas de um vinho ótimo fizeram seu efeito.

Saíram do restaurante de mãos dadas.

A reconciliação noturna foi longa e perfeita.

Às oito da manhã estava pronto para sair de casa quando o telefone tocou.

Era Catarella.

— Mataram alguém?

— Nenhum assassinato, dotor, sinto muito. Ligaram da delegacia e perguntaram se vossinhoria pode dar um pulo lá urgentissíssimo.

— Mas quem era ao telefone?

— Não disseram. Disseram apenas que vossinhoria tinha que ir ao lugar onde guardam o vinho.

— E o que seria isso, uma *osteria*?

— Dotor, me disseram assim.

— Mas realmente disseram "lugar onde guardam o vinho", ou usaram outra palavra?

— Outra palavra.

— Adega?

— Isso aí!

A adega era o termo convencional para indicar o andar subterrâneo onde ficavam alocados os instrumentos de interceptação.

— Se Fazio chegar, diga para me esperar.

— Às ordens, dotor.

Despediu-se de Livia e partiu para Montelusa.

A porta do andar subterrâneo era blindada e, na frente, estava um vigia armado com um fuzil.

— Você tem a ordem de atirar para matar se aparecer algum jornalista?

— Quem é o senhor? — perguntou o vigia, que não estava para brincadeira.

— Comissário Montalbano.

— Documentos, por favor.

Montalbano lhe mostrou e ele abriu a porta, dizendo-lhe:

— Box sete.

Bateu à porta do box sete, que era um pouco maior do que uma cabine de votação, e uma voz lhe disse para entrar.

Dentro havia um inspetor-chefe sentado diante de um rádio, com fones de ouvido pendurados em volta do pescoço. Levantou-se. Apresentou-se.

— Guarnera.

— Montalbano.

— Hoje, às 6h13 da manhã, houve uma ligação interessante para alguém chamado Carlo Macaluso. Vou deixar o senhor escutar; coloque os fones.

Girou um botão e Montalbano ouviu uma voz arrastada, que devia ser a de Macaluso, dizendo:

— *Alô? Quem é?*

— *Sou o amigo do bigode* — respondia uma voz jovem, de uns trinta anos, decidida.

— *Ah, sim. O que houve?*

— *Eu tenho três mercadorias novinhas em folha.*

— *Me interessam. Como fazemos?*

— *Como de costume. Hoje, à meia-noite, vamos deixar você sabe onde.*

— *E eu deixo o dinheiro no mesmo lugar. A quantia de costume.*

— *Ah, não, isso é coisa novinha em folha.*

— *Vamos fazer assim: eu dou o mesmo valor para vocês e na próxima vez entrego a diferença. Combinado?*

— *Combinado.*

Quatro

Montalbano tirou os fones de ouvido, agradeceu, despediu-se, saiu e voltou ao comissariado.

Teve sorte; pelo menos, os proprietários recuperariam seus carros.

Foi diretamente à sala de Fazio.

— Venha comigo.

Fazio levantou-se e o seguiu.

— Sente-se.

Disse a ele o que Pasquale lhe contara, sobre a ideia que tivera dos desmontadores de carro e a interceptação que tinha ouvido.

— Como vamos proceder? — perguntou Fazio.

— Está claro que a partir de hoje depois do almoço precisamos vigiar os movimentos de Macaluso.

— Vou mandar Gallo, que ficará em contato conosco pelo celular.

— Ótimo.

— Talvez seja melhor adiarmos o jantar desta noite.

— Por quê? Podemos comer às oito e meia. Gallo com certeza não vai telefonar antes das dez, onze horas. Se for o caso, Livia fica com sua mulher e, depois, quando acabarmos, passo para buscá-la, mesmo se estiver um pouco tarde.

— Está bem.

— Mas você tem de mandar pelo menos mais três agentes com Gallo.

— Por quê?

— Certamente Macaluso levará três homens com ele para dirigir os outros carros.

— É verdade.

— Agora me diga se descobriu algo interessante sobre os amigos dos Peritore.

— Doutor, ainda estou na metade da lista, e tirando os nomes do advogado Lojacono e da doutora Vaccaro, que o senhor notou, o número cinco é bem interessante. Se o senhor puder pegar a lista...

Estava em cima da mesa, Montalbano se aproximou, olhou-a. No número cinco estava escrito:

Eng. Giancarlo De Martino.

— E quem seria esse?

— Não é daqui, nasceu em Mântua.

— E o que faz aqui?

— Está em Vigata há quatro anos. Coordena as obras de reforma do porto.

— E por que isso seria interessante?

— Porque ficou preso por quatro anos.

Quatro anos não é pouca coisa.

— Qual foi a acusação?

— Foi acusado de ser cúmplice de um bando armado.

— Brigadas vermelhas ou algo parecido?

— Sim, senhor.

— E qual era o papel dele?

Fazio sorriu.

— Organizava roubos para subsidiar o bando.

— Merda!

— Exatamente.

— E quantos anos ele tem?

— Exatamente sessenta.

— O que se diz sobre ele na cidade?

— Que é uma pessoa do bem e tranquila.

— Pelo visto, quando prendermos o criminoso responsável pelos roubos, vamos descobrir que era uma pessoa do bem e tranquila também.

— Sim, doutor, mas o engenheiro se tornou um homem disciplinado, vota pelo governo e faz propaganda para o PdL.

— Então temos de dobrar a atenção nele.

— Já fiz isso, doutor. Coloquei o agente Caruana na cola dele.

— Por favor, continue com a lista. Nos vemos à noite na sua casa.

Foi até Marinella para buscar Livia, mas não a encontrou em casa. Olhando pela varanda, ele a viu deitada na praia, na beira do mar, de roupa de banho. Foi até ela.

— Estou tomando sol.

— Percebi. Agora se vista que vamos comer.

— Não quero me vestir.

— Bem, eu estou com um pouco de fome.

— Já cuidei de tudo.

Montalbano empalideceu. Estava ferrado.

Se Livia tinha cozinhado, certamente teria dor de barriga por dois dias.

— Liguei para a rotisseria e foram gentilíssimos. Qual é o nome mesmo daquela pizza que vocês fazem?

Chamar de pizza o *cuddriruni* era uma verdadeira blasfêmia. É o mesmo que chamar de *supplì* os *arancini*.*

---

* *Supplì* e *arancini* são bolinhos de arroz recheados típicos de Roma e da Sicília, respectivamente. (N. da T.)

— *Cuddriruni.*

— Expliquei o que queria e eles deram um jeito. Além disso, tem frango assado e batatas fritas. Entregaram em domicílio. Está tudo no forno.

— Pode deixar comigo — disse o comissário num impulso por causa do perigo do qual tinha escapado. — Pode continuar tomando sol.

Entrou em casa e também colocou o calção de banho, depois arrumou a mesa na varanda e deu um mergulho no mar. A água estava fria, mas revigorante. Então voltou para dentro, se enxugou e chamou Livia.

Depois de comerem, deitaram-se de novo na areia.

Como acabou pegando no sono e Livia não o acordou, chegou ao comissariado um pouco mais tarde, eram 16h30.

— Novidades? — perguntou a Catarella.

— Nenhuma, dotor.

— Ligue para Fazio e me passe a ligação.

Sentou-se à mesa coberta por uma montanha de papéis para assinar.

Assinar ou não assinar? Eis a questão.

E Fazio? Por que não aparecia?

Chamou Catarella.

— Ah, dotor! Fazio deve ter desligado porque a senhorita automática me diz automaticamente que a pessoa por mim chamada está num alcance.

— Se for o caso, fora de alcance.

— E o que eu disse?

— Assim que conseguir falar com ele, me passe a ligação.

Pensou no assunto mais um pouco, depois resolveu escutar sua consciência de funcionário público honesto e começou a dar mais de uma centena de autógrafos.

Uma hora depois o telefone tocou. Era Fazio.

— Me desculpe, doutor, mas eu estava tendo uma conversa delicada com uma pessoa relacionada à lista. Depois lhe explico.

— Como está a situação?

— Tudo certo. Gallo está vigiando a oficina de Macaluso. Às sete da noite, Miccichè, Tantillo e Vadalà vão encontrá-lo.

— Então nos vemos às oito e meia.

Voltou a assinar os papéis, mas, quinze minutos depois, foi interrompido por outro telefonema.

— Ah, dotor, estaria aqui nesse lugar um senhor que queria falar com vossinhoria em pessoa pessoalmente.

— Por quê?

— Está dizendo que na casa dele houve um rubo.

Um roubo?!

Os roubos, naquele momento específico, tinham prioridade absoluta sobre tudo.

— Mande-o vir aqui imediatamente!

Bateram de leve à porta.

— Entre!

— Meu nome é Giosuè Incardona — disse o homem, entrando.

Montalbano deu uma olhada rápida na lista dos amigos dos Peritore: não havia nenhum Incardona.

— Sente-se, por favor.

O homem parecia ter uns cinquenta anos, usava óculos de fundo de garrafa, não tinha um fio de cabelo na cabeça, era magro e suas roupas estavam largas demais para ele. Estar em um comissariado claramente o deixava nervoso.

— Não queria incomodá-lo, mas...

— Pode falar.

— Tenho uma casinha de campo no meio do caminho para Montelusa. De vez em quando, vou lá com minha mulher e nossos dois netos. Como da última vez eu tinha esquecido meus óculos, hoje, depois do almoço, voltei lá para apanhá-los e encontrei a porta escancarada.

— Escancarada em que sentido?

— No sentido de que a arrombaram.

— Seria difícil abri-la com uma gazua ou com uma chave mestra?

— Não, senhor. Facilíssimo. Mas vê-se que não queriam perder tempo.

— O que roubaram?

— Uma televisão novinha em folha, um computador que meus netos usam para ver filmes, um relógio dos anos 1700 que era do meu tataravô e só. Mas procuravam outra coisa, na minha opinião.

— O quê?

— Isto aqui.

Tirou do bolso um molho de chaves e o mostrou ao comissário.

— De onde são?

— Da minha casa daqui, de Vigata. Os ladrões deviam saber que eu guardo uma cópia delas no campo. Com certeza pretendiam, se as encontrassem, roubar minha casa daqui.

— E por que não as encontraram?

— Porque, da última vez, as mudei de lugar. Coloquei-as dentro da caixa de descarga. Eu tinha acabado de ver *O poderoso chefão*. Sabe, quando o filho do chefão tem de ir matar os...

Montalbano pegou a lista e deu a Incardona.

— Dê uma olhada nesta lista, por favor, e me diga se conhece algum desses senhores.

Incardona pegou a lista, deu uma olhada e devolveu-a para Montalbano.

— Quase todos.

Montalbano sobressaltou-se.

— Como assim?

— Modestamente, sou o melhor encanador da cidade. E também sou capaz de fazer cópias perfeitas de chaves.

— Escute, lembra se aconselhou alguma dessas pessoas a fazer como o senhor, ou seja, a guardar um molho de chaves reserva em outra casa?

— Claro! É o jeito mais seguro para...

— Me dê licença um momento.

Chamou Catarella.

— Acompanhe o senhor até Galluzzo. Ele vai registrar sua queixa. Sr. Incardona, se houver novidades, comunico ao senhor. Até logo.

Havia algo em relação a esse roubo que não fazia sentido.

Tinha quase certeza de que se tratava de uma tentativa de despistá-lo.

Falando com os amigos, certamente os Peritore haviam dito que a polícia estava com uma lista dos nomes deles.

E o chefe da gangue, não querendo que Montalbano chegasse a certa conclusão, havia criado uma distração. O problema é que era tarde demais para isso.

Além disso, os três agentes no campo haviam cometido o erro de arrombar a porta, vê-se que sabiam que era um trabalho que lhes renderia pouco, feito apenas para ser uma cortina de fumaça.

E outro erro havia sido cometido pela própria mente por trás de tudo, escolhendo, para fazer um tipo de roubo simulado, uma pessoa que, por mais que não fizesse parte da lista, era conhecida por todos que estavam nela.

E essa era a confirmação de que o próximo roubo seria cometido contra um dos dezesseis nomes da lista.

O criminoso por trás disso estava demonstrando ter uma mente que pensava rápido, capaz de entender como funcionava o raciocínio do comissário.

Seria um jogo de xadrez emocionante.

Quando passou para buscar Livia, reparou que ela estava usando uma roupa que ele nunca tinha visto antes.

Saia plissada e blusa muito elegante, estilo anos 1930, com duas espécies de babado na frente.

— Gostei da roupa.

— Mesmo? Foi um costureiro amigo meu que fez. Ele queria colocar babados atrás também, mas achei que seria demais.

Não um relâmpago, mas um verdadeiro raio de temporal, ziguezagueando, seguido por um trovão fortíssimo, atingiu o comissário quase queimando seu cérebro.

Apoiou-se numa cadeira para evitar cair de cara no chão.

Livia ficou preocupada.

— O que você tem?

— Nada, só uma leve tontura. Deve ser cansaço. Tire uma curiosidade minha: seu amigo costureiro se chama Carlo?

— Sim. E, para sua informação, não é nenhum delinquente — respondeu Livia na defensiva.

E continuou:

— Aliás, é uma pessoa ótima, honestíssima. Mas como você adivinhou o nome dele?

— Adivinhar? Eu? Foi você que me disse.

— Não lembro. Vamos?

A confiança recompensada.
Romance para mocinhas de boa família e costumes rígidos.

Um homem, corroído de ciúme por sua mulher, distorce o sentido de uma frase que ela pronuncia no sono e durante dias se atormenta, submetendo a mulher a interrogatórios, escândalos e armadilhas. Apenas quando desiste de seu ciúme insano obtém a recompensa. De fato, a mulher, por acaso, lhe revela o verdadeiro sentido, completamente inocente, da frase dita no sono. E o homem sente que ama mais, a partir daquele momento, a mulher de sua vida.

Nada mal, não? E instrutivo também.

A Sra. Fazio preparou coisas simples, mas saborosas. Uma sopa de frutos do mar e trilhas fritas crocantes. Os *cannoli* levados por Montalbano estavam uma delícia.

O comissário e Fazio, diante das senhoras, não falaram de trabalho.

Às 22h45, Montalbano levou Livia a Marinella, depois entrou no carro de Fazio, que o seguiu logo atrás.

Às 23h10, o celular de Fazio tocou. Era Gallo.

— Macaluso saiu agora de casa e pegou o caminho para Vigata. Dirige um Mitsubishi amarelo. Tem mais três homens com ele. Estou logo atrás. Onde vocês estão?

— Em Marinella — disse Fazio.

— Acho que ele está indo em direção a Montereale. Se vocês estiverem aí, passaremos por vocês. Se ele mudar a rota, eu aviso.

Posicionaram-se, de faróis apagados, com a dianteira do carro na margem da rodovia.

Cerca de dez minutos depois, viram passar o Mitsubishi amarelo.

Em seguida, a dois carros de distância do Mitsubishi, passou um Polo.

— É o de Gallo — disse Fazio.

E foi atrás dele.

— Estamos seguindo você — disse Fazio no celular.

— Vi vocês.

Passaram Montereale, passaram Sicudiana, passaram Montallegro; já eram 23h50, mas o carro de Macaluso continuava a ir em frente.

Então Montalbano viu o Mitsubishi dar a seta para a direita e se enfiar numa espécie de estacionamento.

Ao passar em frente a ele, notaram três automóveis parados.

— Os carros já estão lá — disse Montalbano.

Naquele momento, ouviram Gallo gritando ao celular:

— Estou voltando! Vou pegá-los!

E, um instante depois, notaram que ele vinha na direção deles, acelerando feito um doido.

Fazio deixou-o passar e deu um cavalo de pau tão rápido que o carro quase capotou.

Quando o comissário chegou ao estacionamento, Gallo tinha a situação sob controle.

Os três homens haviam conseguido entrar cada um em um carro, mas não tiveram tempo de dar a partida.

Agora estavam com as mãos ao alto porque os três agentes os mantinham sob mira.

Macaluso, que estava próximo a uma caçamba de lixo, também havia levantado as mãos. Numa delas, segurava um pacote, uma espécie de embrulho de jornal com o barbante enrolado em volta dele.

— Me dê isso — disse Montalbano.

Macaluso lhe deu.

— Quanto tem aqui?

— Quinze mil euros em notas de cem.

Para voltar a Vigata, Montalbano teve de levar o carro de Fazio.

— Caro Macaluso, considerando que foi apanhado como um idiota com três carros roubados, ou, melhor dizendo, em flagrante, desta vez tenho a impressão de que você está fodido. Além disso, você ainda é reincidente, tem outros dois precedentes por receptação de objetos roubados — disse Fazio.

Os três cúmplices haviam sido levados à cela da delegacia.

Já Macaluso estava sendo interrogado na sala do comissário.

— Podem tirar minhas algemas? — perguntou Macaluso.

Era um homenzarrão de macacão, tipo um armário ambulante, de pelos e cabelos ruivos.

— Não — disse Montalbano.

Todos ficaram em silêncio.

— Por mim, fico aqui até de manhã — disse Fazio em determinado momento.

Macaluso suspirou e falou:

— As coisas não são como parecem.

— Doutor, sabia que nosso amigo é filósofo? — disse Fazio.

— Então nos explique como as coisas são.

— Um cliente me telefonou e me disse para ir pegar aqueles três carros que tinha deixado...

— Nome do cliente? — perguntou Fazio.

— Não lembro.

— E como fez para dar as chaves a você?

— Ele me disse que as tinha posto no porta-malas destrancado do Daewoo.

— Esse detalhe pode até ser verdadeiro, mas eu tenho certeza de que as chaves foram deixadas lá pelos ladrões.

— Eu garanto que...

— Tente arrumar uma melhor, vai.

— Sabem de uma coisa? — interveio Montalbano. — Está tarde. São duas da manhã. E estou com sono.

— Me solte e vamos todos descansar — propôs Macaluso.

— Quieto. Não abra a boca e me escute — disse o comissário. — Escute com bastante atenção.

E começou a recitar o telefonema interceptado:

— "Alô? Quem é?" "Sou o amigo de bigode." "Ah, sim. O que houve?" "Eu tenho três mercadorias novinhas em folha."

Olhou Macaluso e lhe perguntou:

— Chega ou devo continuar?

Macaluso estava pálido.

— Chega.

— Quer um cigarro?

— Sim.

Montalbano o entregou a Fazio, que o enfiou entre os lábios de Macaluso e acendeu.

— Podemos fazer um acordo — disse o comissário.

— Diga.

— Você nos diz o nome do sujeito que lhe telefonou, o de bigode, e eu falo com o promotor público para levar em conta sua colaboração.

— Eu queria poder aceitar esse acordo.

— E quem o impede?

— Ninguém. Mas eu só vi o cara de bigode uma vez, à noite e às escondidas, há três anos, e não sei o nome dele.

— Há quanto tempo trabalham juntos?

— Há três anos, como disse. Eles telefonam para me dizer onde deixaram o carro, eu ponho o dinheiro dentro da caçamba, parto e câmbio, desligo.

Parecia sincero.

Cinco

Montalbano e Fazio se entreolharam e chegaram à mesma conclusão. Fazio também achava que Macaluso estava dizendo a verdade.

Insistir seria perda de tempo.

— Coloque-o na cela — disse o comissário a Fazio. — E amanhã de manhã leve todos à prisão. Depois relate tudo a Tommaseo. Boa noite.

O comissário Montalbano não estava satisfeito com o modo como as coisas tinham ocorrido.

— Acorde, preguiçoso!

Abriu os olhos, que pareciam grudados com cola. Pela janela aberta entrava a luz do sol glorioso e triunfante.

— Você me traria uma xícara de café na cama?

— Não. Mas o café está pronto na cozinha.

Tomar café deitado, Deus me livre!

Pecado mortal! Pior que a luxúria!

Praguejando mentalmente levantou-se, foi à cozinha, bebeu um café e se trancou no banheiro.

Quando saiu de casa eram dez da manhã.

No comissariado, Fazio o esperava.

— Doutor, tenho de lhe dizer algumas coisas.

— Eu também. Comece você.

— Ontem, eu não atendi o celular quando o senhor me ligou porque eu estava conversando com a Sra. Agata Cannavò, viúva do comendador Gesmundo, ex-diretor-geral do porto, ex-patrono da festa dos portuários, ex...

— Está bem, mas quem é a Sra. Cannavò?

— A décima sexta da lista.

— Ah, é mesmo. E por que foi falar com ela?

— Fui avisá-la de que havia uma possibilidade, ainda que remota, de ser roubada.

— Não entendi.

— Doutor, só ouvimos falar sobre as pessoas da lista por gente de fora, estranhos, e estava curioso para saber como pensava uma pessoa que de fato estava na lista.

— Muito bem! Boa ideia! O que ela disse?

— Um monte de coisas. A viúva é uma fofoqueira que sabe tudo de todos. E fala sem parar. Ela me disse que o contador Tavella está afogado em dívidas de jogo porque frequenta cassinos clandestinos. Me disse que a Sra. Martorana, mulher do agrimensor Antonio, é amante do engenheiro De Martino. Me disse, em segredo, que os Peritore, na opinião dela, têm um relacionamento aberto, embora façam de tudo para não transparecer. Tanto que vão à igreja todos os domingos. Aliás, ela me esclareceu uma coisa engraçada.

— O quê?

— Parece que, na noite do roubo na mansão na praia, havia quatro pessoas dormindo na casa.

— Explique-se melhor.

— Doutor, ainda segundo a viúva, a Sra. Peritore dormia num quarto com um homem, enquanto o Sr. Peritore dormia com outra mulher.

— Mas não tinham ido lá para comemorar o aniversário de casamento?

— Cada um comemora como acha melhor — disse Fazio, filosófico.

— Um ambiente bem agradável. Mas, me diga, do que o Peritore vive?

— Oficialmente, vende carros usados.

— E oficiosamente?

— Vive à custa da mulher, que é podre de rica por causa de uma herança deixada por uma tia.

— Concluindo, a viúva não revelou nada de importante em relação aos roubos?

— Nada.

— Estamos num beco sem saída.

— Também acho.

— Estou mais do que certo de que haverá outro roubo.

— Com certeza. Mas não dá para colocar dezesseis residenciais sob vigilância aqui e sabe-se lá quantas mansões e casinhas na praia ou no campo!

— Só nos resta esperar. E torcer para que no próximo roubo deem um passo em falso.

— É difícil.

— Bem, não tanto. No roubo que fizeram para tentar nos confundir, eles cometeram o erro de arrombar a porta.

— Que roubo, desculpe?

— Ah, é verdade, você não sabe nada sobre ele.

Então lhe contou sobre a visita do encanador Incardona e do roubo que, em sua opinião, era apenas para despistá-los.

Fazio concordou.

Quando Fazio saiu, Montalbano esticou o braço com cuidado, pegou as quatro cartas endereçadas a ele que tinha encontrado em cima da mesa e começou a analisar demoradamente a procedência do selo postal.

Duas vinham de Milão, uma de Roma e a última de Montelusa.

Em Milão, ele não tinha amigos; em Roma, tivera um que até o havia hospedado, mas fora transferido para Parma recentemente; em Montelusa, conhecia muitas pessoas.

A verdade verdadeira era que ele achava um saco abrir correspondências.

A essa altura, recebia todo tipo de panfleto de propaganda, convites para alguns eventos culturais e algumas cartas breves de velhos colegas de escola.

No fim das contas, considerando a idade que tinha, podia dizer que havia tido poucas amizades na vida.

Por um lado, ficava feliz com isso e, por outro, infeliz: talvez, com a velhice, que avançava com a velocidade de um foguete espacial, ter alguns amigos por perto fosse bom.

Mas no fundo, no fundo, Fazio, Mimì Augello e o próprio Catarella, nessa altura do campeonato, não eram mais amigos que colegas de trabalho?

Podia se consolar assim, se havia motivo para consolo.

Resolveu abrir os envelopes.

De fato, três cartas não tinham importância, mas a quarta...

Era anônima, escrita em letra de forma.

Dizia assim:

CARÍSSIMO COMISSÁRIO,

CONSIDERE ESTA CARTA UMA ESPÉCIE DE DESAFIO.

POR UM LADO, O SENHOR JÁ ACEITOU O DESAFIO, ASSUMINDO PESSOALMENTE AS INVESTIGAÇÕES.

COM A PRESENTE, TENHO A HONRA DE LHE COMUNICAR QUE AINDA HAVERÁ, INFELIZMENTE PARA O SENHOR, DOIS ROUBOS.

DEPOIS VOLTAREI A FAZER O QUE SEMPRE FIZ.

TEREI ME DIVERTIDO O SUFICIENTE.

MAS EU DEVIA ACHAR UM JEITO DE PASSAR O TEMPO, NÃO É?

E A PROVA DE QUE EU FAÇO ISSO POR PURA DIVERSÃO É DEMONSTRADA PELO

FATO DE QUE DEIXO TUDO DO ROUBO PARA OS MEUS ASSISTENTES.

CABE AO SENHOR SE ANTECIPAR AOS PRÓXIMOS DOIS ROUBOS, ADIVINHANDO

LOCAL E DIA.

MUITO CORDIALMENTE.

A carta havia sido postada em Montelusa no dia anterior.

Chamou Fazio e lhe entregou a missiva.

Fazio a leu e a colocou de volta na escrivaninha sem dizer nada.

— O que acha?

Fazio balançou a cabeça.

— Sei lá!

— Fale, não dê uma de Sibila.

— Doutor, essa carta me parece totalmente inútil, escrita à toa, sem nenhum objetivo.

— Aparentemente, parece isso.

— Mas...

— Em primeiro lugar, devo dizer que quem me enviou é um arrogante. Pode até ser uma pessoa inteligente, mas, com certeza, é arrogante. E um arrogante nem sempre sabe se controlar. Em algum momento é tomado pela necessidade de demonstrar a todos o quanto é bom, custe o que custar.

— E mais o quê?

— Em segundo, ele quer nos fazer pensar que esses roubos não passam de uma diversão para ele, um passatempo.

— E não são?

— Tenho a impressão de que está buscando uma coisa específica, uma só, algo em que está realmente interessado.

— Uma coisa para roubar?

— Não necessariamente. É comum que esses roubos provoquem danos colaterais. Antes de ser comissário, participei da investigação de um roubo numa casa. A senhora foi prestar queixa das joias que haviam sido levadas. Por acaso, o marido viu a lista e percebeu que havia dois brincos e um colar que ele não havia comprado para a esposa. Havia sido o amante. E o negócio acabou mal.

Passou a manhã fazendo assinaturas atrás de assinaturas, até a mão cair.

A estátua ideal do funcionário público, pensou, deveria retratar o braço direito usando uma tipoia.

Partiu para Marinella achando que iria encontrar Livia na praia tomando sol.

Mas a encontrou impecavelmente vestida esperando na soleira da porta.

— Tenho de voltar para Gênova agora.

— Por quê?

— Me ligaram do trabalho, duas colegas ficaram doentes e não tive coragem de dizer não. Sabe, do jeito que andam as coisas, podem aproveitar a menor oportunidade para botarem você na rua.

Droga! Logo agora que as coisas começavam a melhorar entre os dois!

— Conseguiu reservar o voo?

— Sim, vou pegar o voo das cinco.

Montalbano olhou o relógio. Era uma em ponto.

— Escute, temos uma hora para aproveitarmos. Não tenho nenhum compromisso, então consigo levar você em Punta Raisi. Podemos aproveitar para dar uma passadinha no Enzo ou...

Livia sorriu.

— Ou... — disse.

* * *

A viagem para o aeroporto foi tranquila, até o cruzamento com Lercara Freddi. A estrada estava bloqueada; um agente da rodovia explicou a Montalbano que dois caminhões tinham sofrido um acidente e que era necessário fazer um desvio.

De repente, se viram percorrendo uma espécie de estrada de terra, em meio a um mar de bocas-de-leão, acima das quais, a intervalos regulares, emergiam altíssimas turbinas eólicas.

Livia ficou fascinada com aquilo.

— Vocês têm cada paisagem...

— Por quê? Não tem em Ligúria?

Troca de cortesias, visto que entre eles ia tudo de vento em popa. Caso contrário, aquela mesma paisagem seria "de bandido".

Chegaram a Punta Raisi com uma hora de antecedência para a partida, bem a tempo de saber que o avião decolaria justamente com uma hora de atraso.

Como tinha decidido não almoçar, Livia aproveitou para se entupir de *cannoli*.

Quando o avião de Livia partiu, Montalbano telefonou ao comissariado do aeroporto, avisando a Catarella que não passaria lá depois do almoço. Depois, fez outra ligação para Adelina para dizer que o caminho estava livre e que, na manhã seguinte, podia aparecer. No retorno para Vigata, pegou o caminho mais longo que passava por Fiacca.

Chegou por volta de oito e meia e foi direto para um restaurante que servia lagostas.

Deleitou-se.

Às onze, estava de novo em Marinella.

Mal teve tempo de entrar em casa e o telefone tocou.

Era Livia, nervosa.

— Onde você estava? Já liguei quatro vezes! Fiquei com medo de você ter sofrido um acidente!

Depois de tranquilizar Livia, tomou um banho e foi se sentar na varanda com cigarros e uísque.

Não tinha cabeça para pensar em nada, apenas observava o mar noturno.

Ficou uma hora assim, depois entrou, ligou a televisão e sentou-se na poltrona.

Estava sintonizada no TeleVigata, o que significava que a cara de cu de galinha de Pippo Ragonese era exibida na tela. O comentarista, o formador de opinião com uma única opinião: estar sempre ao lado de quem comandava.

Ele tinha uma questão pessoal com Montalbano.

— Chegou para nós a informação de que em Vigata atua, há alguns dias, uma gangue de ladrões de residências altamente especializada e muito bem organizada. Teriam sido cometidos alguns roubos com uma técnica peculiar, que seria longa demais para explicar aos nossos ouvintes. Não se trataria de uma gangue formada por estrangeiros, como acontece no norte da Itália, mas por sicilianos. O que surpreende é o silêncio da polícia sobre o assunto. Sabemos que as investigações estão nas mãos do comissário Montalbano. Sinceramente, não temos coragem de afirmar que estejam em boas mãos, considerando os pre...

Desligou, mandando-o para aquele lugar.

Mas tinha de se perguntar uma coisa: como Ragonese ficou sabendo dos roubos?

Certamente, ninguém do comissariado ou da procuradoria havia falado.

Quer apostar que tinha sido o próprio responsável pelos roubos que informara o jornalista com uma carta anônima?

Arrogante como era, provavelmente não suportava o silêncio em torno de seus feitos.

Sentia-se um pouco cansado, dirigir o deixava esgotado. Resolveu ir se deitar.

E teve um sonho.

Sem saber nem por que nem como, estava no centro de uma arena, vestido impecavelmente como um paladino do teatro de marionetes, montado em um cavalo e com a lança em riste.

Um grande número de damas e cavalheiros assistia ao desafio e todos estavam de pé, olhando para ele e gritando:

— Viva, Salvo! Viva o defensor da cristandade.

A armadura limitava seus movimentos, o que o impedia de responder com uma mesura, então levantou o braço que pesava cem toneladas e balançou a mão enluvada de ferro.

Então os trompetes tocaram e um cavaleiro entrou na arena com uma armadura toda preta, um gigante assustador com a viseira do elmo abaixada, escondendo seu rosto.

Levantou-se Carlos Magno em pessoa e disse:

— Que comece o combate!

Ele partiu imediatamente ao ataque do cavaleiro de preto que, ao contrário, estava parado como uma estátua.

Depois, sem saber como, a lança do cavaleiro de preto o atingiu no ombro e o destribou.

Enquanto caía, o cavaleiro de preto levantou a viseira.

Não tinha rosto. Em vez disso havia uma espécie de bola de borracha.

E então Montalbano entendeu que aquela era a personificação do chefe da gangue, prestes a matá-lo.

Santo Deus! Que papelão, na frente de todo mundo!

Acordou suado e com o coração disparado.

Tinha acabado de dar oito da manhã quando o telefone tocou.

Xingou todos os santos.

No fundo, ele queria era ficar deitado até as nove e pedir a Adelina que lhe servisse o café na cama.

— Alô? — disse com uma voz ríspida.

— Mãe do céu, dotor! O que eu posso fazer se teve um outro rubo! Se quiser, ligo de volta daqui a uma meia hora — choramingou Catarella.

— Catarè, agora já era. Pode falar.

— Telefonou agorinha mesmo a Srta. Angelica Cosulicchio.

Que Cosulicchio que nada! Angelica Cosulich. Número quatorze da lista.

Como havia previsto.

— Onde ela mora?

— Na via Cavurro, número quinze.

Mas era a mesma rua dos Peritore!

— Você disse isso ao Fazio?

— Ele não atende.

— Tudo bem, telefone e avise para a senhorita que já estou chegando.

O prédio onde morava a Srta. Cosulich tinha o formato de casquinha de sorvete.

Incluindo os pedacinhos de amendoins torrados em cima.

— Cosulich? — perguntou ao porteiro.

— Qual?

Deus do céu, não aguentaria outro bate-boca com um porteiro. Teve vontade de dar as costas e ir embora, mas se conteve.

— Cosulich.

— Entendi, não sou surdo. Mas tem duas Cosulich aqui. Angelica e Tripolina.

Sentiu vontade de dizer Tripolina só para ter a oportunidade de conhecer uma mulher com um nome tão estranho.

— Angelica.

— Último andar.

O elevador era super-rápido, praticamente fez com que seu estômago viesse parar na boca. Chegou voando à cobertura, ou seja, ao nível do creme que costuma ficar em cima da casquinha de sorvete.

Havia uma única porta em todo o enorme corredor em formato de meia-lua, e foi nessa que o comissário tocou.

— Quem é? — perguntou pouco depois uma voz feminina jovem atrás da porta.

— O comissário Montalbano.

A porta se abriu e o comissário vivenciou os três seguintes fenômenos em sequência: Primeiro, sua visão ficou turva; segundo, suas pernas ficaram bambas; terceiro, sentiu uma notável falta de ar.

A Srta. Cosulich não era apenas uma mulher de uns trinta anos de espantosa beleza natural, que não usava nem uma gota de maquiagem assim como os selvagens, mas também...

Será que ela era real ou tudo fruto de sua imaginação?

Era possível que pudesse acontecer uma coisa dessas?

A Srta. Cosulich era exatamente idêntica — uma cópia perfeita — da Angelica de *Orlando furioso*. Era a própria em carne e osso, exatamente como ele a tinha imaginado e desejado aos dezesseis anos, quando se escondia para ver as ilustrações de Gustave Doré que sua tia o proibia.

Uma coisa inconcebível, um verdadeiro milagre.

> *Reconheceu a dama, e, como dardo,*
> *O amor lhe trespassou o coração.*
> *Vendo-lhe ao longe o angélico semblante*
> *Caiu do amor nos laços nesse instante.*

Angelica, oh, Angelica!

Havia se apaixonado perdidamente por ela e passara boa parte das noites em claro imaginando fazer com ela coisas tão obscenas que não teria coragem de confessar nem ao amigo mais íntimo.

Ah, quantas vezes ele tinha imaginado ser Medoro, o pastor pelo qual Angelica se apaixonara, fazendo o pobre Orlando ficar louco furioso!

A cena dela nua na palha, dentro de uma gruta, com o fogo aceso, enquanto do lado de fora chovia e ao longe ouvia-se um coro de ovelhas que faziam méééé...

> *... Mais de um mês, sossegados, com prazer,*
> *Os amantes se põem a recrear-se.*
> *Já não desvia os olhos a mulher*
> *Do rapaz, de quem nunca há de fartar-se:*
> *Inda que sempre o estreite num abraço,*
> *Sempre mais o deseja, sem cansaço.*

— Fique à vontade.

A leve névoa que embaçava sua visão se dissipou e só então Montalbano viu que ela vestia uma camiseta branca justa.

> *Cada poma roliça se afigura*
> *Recém-tirado ao junco o puro leite;*

Não, talvez a poma daqueles versos não pertencesse a Angelica, mas de qualquer forma...

Seis

— Fique à vontade — disse a jovem de novo, sorrindo diante do evidente embaraço do comissário.

Tinha um sorriso que parecia uma lâmpada de 100 watts que se acendia inesperadamente no escuro.

Montalbano precisou de muita força de vontade para se lembrar de que não tinha mais dezesseis anos, mas, sim, a triste idade atual de cinquenta e oito.

— Me desculpe, eu estava distraído.

Entrou.

Já da antessala dava para mensurar o estrago que os ladrões deviam ter feito no restante do apartamento.

O lugar era enorme e mobiliado com móveis modernos; a sensação era de estar dentro de uma nave espacial. O lugar certamente deveria ter varanda infinita. Circular, com certeza.

— Escute — disse Angelica —, o único cômodo minimamente habitável é a cozinha. Se incomoda se formos para lá?

"Com ela eu me enfiaria até dentro de uma câmara frigorífica", pensou Montalbano.

Mas disse:

— De jeito nenhum.

Ela usava uma calça preta, justíssima como a camiseta, e estar atrás dela, podendo vê-la andar, era uma verdadeira bênção de Deus.

Isso o deixava mais forte e o enfraquecia ao mesmo tempo.

Ela puxou uma cadeira para ele.

— Fique à vontade. Quer um café?

— Sim, obrigado. Mas antes eu gostaria de um copo de água.

— Está se sentindo bem, comissário?

— Be... bem, muito bem.

A água o ajudou.

O caso era exatamente igual ao do casal Peritore. Só que aqui faltava o homem.

Aliás, parecia que não havia sinal de homem no apartamento.

Ela lhe serviu o café, pegou uma xícara e sentou-se diante do comissário.

Beberam em silêncio.

Para Montalbano, estava ótimo assim, podiam ficar bebendo café até a manhã seguinte.

Aliás, melhor: até o comissariado dá-lo como desaparecido.

Então ela disse:

— Se quiser fumar não tem problema. Ou melhor, aceito um também.

Levantou-se, foi pegar um cinzeiro e voltou a se sentar.

Deu a primeira tragada e falou em voz baixa:

— Em poucas palavras, foi exatamente igual ao roubo que meus amigos Peritore sofreram.

Tinha uma voz que possuía uma harmonia sublime, e o hipnotizava como um encantador hipnotiza serpentes.

Precisava começar a fazer o maldito trabalho, embora não tivesse nenhuma vontade.

Pigarreou porque sua garganta estava seca, apesar de ter acabado de beber água.

— A senhorita também dormiu em outra casa fora da cidade na noite passada?

Tinha cabelos louros compridíssimos que chegavam à metade das costas.

Antes de responder, ela os afastou do rosto. Pela primeira vez, o comissário achou que ela estava um pouco inquieta.

— Sim, mas...

— Mas?

— Não é uma casa.

— É um apartamento?

— Também não.

Quer apostar que ela havia dormido numa barraca ou num trailer?

— E o que é, então?

Ela deu uma longa tragada, soprou a fumaça. Então olhou o comissário nos olhos.

— É um quartinho com uma cama de casal e um banheiro. Entrada independente. Entendeu?

Um tiro no peito, direto e preciso. Disparado por uma atiradora experiente. Aquilo havia doído, mas

Do peito a intensa dor não se lhe alija
Por querer escapar-se a toda a pressa...

— Entendi — disse.

Uma *garçonnière*. Vulgarmente conhecido como quartinho para encontros amorosos.

Mas era a primeira vez que conhecia uma proprietária mulher.

Sentiu um baque de ciúme irracional, como acontece com Orlando quando imagina

Em cem frondes Angelica e Medoro
Vê unidos por cem nós, com laço estreito;

E ela explicou:

— Sou comprometida, mas meu noivo trabalha no exterior, volta à Itália uma vez por ano e de vez em quando eu preciso... tente entender. O que quero dizer é que não tenho nada fixo.

"Posso botar meu nome na lista?", queria lhe perguntar Montalbano, mas disse:

— Me conte como aconteceu.

— Bem, ontem à noite, depois do jantar, por volta de nove e meia, peguei o carro e fui para Montereale. Assim que saí da cidade, busquei o... rapaz com quem tinha combinado e fui à mansão onde alugo o quarto.

— Desculpe, mas de quem é a mansão?

— De um primo meu que mora em Milão. Ele só vem para passar uns quinze dias no verão.

— Desculpe por ficar interrompendo.

— É seu trabalho — disse Angelica, sorrindo.

Com quartinho ou sem quartinho, de todo modo, era uma coisa para se saborear aos poucos, mordiscando como uma fruta suculenta.

— Os ladrões roubaram seu quarto?

— Sim.

— E a mansão?

— Olhe, desconfiei disso. Fui olhar, sei onde ficam as chaves. Mas não entraram na mansão, não.

— Continue.

— Bem, tenho pouco a dizer. Bebemos uma coisinha, conversamos o que deu e depois fomos para a cama.

... Sente, ao reler, uma e outra vez, aflito,
Fria garra a apertar-lhe o coração.

— Me perdoe, eu não queria...
— Não tem problema, pode falar.
— Disse que conversaram o que deu.
— Sim.
— O que significa?
Ela sorriu, um pouco maliciosa.
— Nem sempre o sujeito com quem me encontro é necessariamente culto. Me interesso por outras qualidades. O de ontem à noite era praticamente um semianalfabeto.
Montalbano engoliu. Amargo. Como dizia outro poeta?

um pescador de esponjas
terá esta pérola rara...

— Continue.
— Bem, o que mais? Acordei às sete, com uma baita dor de cabeça. Já ele dormia profundamente. Estiquei o braço em direção à mesinha de cabeceira, queria ver a hora, mas não achei o reloginho que tinha deixado em cima dela. Pensei que tivesse caído. Me levantei e só então me dei conta de que tudo tinha sido roubado.
— Tudo, o quê?
— O reloginho, o colar, a pulseira, o celular, o computador, a carteira, a bolsa e as chaves deste apartamento. Quando saí do quarto, percebi que o carro também tinha sumido.
— Por que tinha levado o computador?

— Pergunta pertinente — disse ela, rindo. — Para ver alguns filminhos preliminares, entende?

Sofre Orlando, a reter todo o queixume...

— Entendo. Como fez para voltar?

— Meu primo deixa um utilitário na garagem da mansão.

— Tinha muito dinheiro na carteira?

— Três mil euros.

— Continue.

— Voltei para casa o mais rápido que pude, sabia o que encontraria.

— Levaram muita coisa?

— Bastante. E de grandíssimo valor, infelizmente.

— Terá de ir ao comissariado prestar queixa.

— Passo lá no fim da manhã. Tenho de saber exatamente o que roubaram. — Fez uma pausa. — Me dá mais um cigarro?

Montalbano o acendeu para ela.

— E por que o senhor não está fazendo o que deveria fazer? — perguntou a ele de repente.

Montalbano ficou sem graça.

— Eu?! E o que deveria fazer?

— Não sei, pegar uma lente de aumento, tirar fotos, chamar os peritos...

— Para as impressões digitais, você diz?

— Sim.

— Você realmente acha que ladrões habilidosos como esses não usam luvas? Seria só perda de tempo. A propósito, como conseguiram entrar na sua garç... no seu quarto?

Quase havia falado *garçonnière*, seria uma gafe descomunal.

Mas, depois, pensando bem, por que seria uma gafe? Angelica era uma pessoa que não media palavras, era tudo preto no branco.

71

— Meu quarto fica na parte detrás da mansão e o acesso a ele é a partir de uma escada externa. Ao lado da porta de entrada há uma janela com grades, praticamente a que deixa o ar entrar no quarto. Havia deixado ela aberta. Claro que, além da cama, há também uma mesinha com duas cadeiras. Sempre deixo as chaves do quarto nessa mesinha. Eles devem ter colocado o gás através da janela, que provavelmente encostaram. Depois, quando o gás fez efeito, abriram e, com uma haste retrátil munida de gancho, puxaram a mesinha para eles. Então só precisaram esticar o braço.

Os especialistas em haste retrátil: primeiro magnetizada, agora com gancho...

— Me perdoe, mas essa história da haste com gancho... enfim, a senhorita está supondo isso?

— Não, eu vi a haste, eles a deixaram lá.

Montalbano fechou os olhos por um momento. Agora vinha a parte mais dolorosa para ele. Respirou fundo e foi em frente.

— Tenho de lhe fazer algumas perguntas pessoais.

— Pode fazer.

— Levou o mesmo homem mais de uma vez àquele quarto?

— Nunca. Não gosto de repetir o mesmo prato.

— Com qual frequência vai lá?

— A cada quinze dias. Mas há exceções, claro.

Não sou quem pareço; não, não sou...

— Claro — disse Montalbano com indiferença. E lhe perguntou: — E já aconteceu de ter, não sei, discutido com algum deles?

— Uma vez.

— Quando?

— Há um mês mais ou menos.

— Posso lhe perguntar por quê?

— Ele queria mais.

— Quanto tinham combinado?

— Dois mil.

— E queria?

— Quatro mil.

— A senhorita deu?

— Não.

— E o que fez?

— Eu o ameacei.

— Como?

— Com uma arma.

Ela disse aquilo de um jeito como se apontar uma arma para alguém fosse a coisa mais natural do mundo.

— Está de brincadeira?

— De jeito nenhum. Quando vou para esse tipo de encontro me sinto mais segura se levar a pistola. Tenho porte de arma.

Diferentemente da Angelica de sua juventude, essa não fugia diante do perigo.

Montalbano se recompôs após uma leve vertigem.

— E ontem à noite também estava com a pistola na bolsa?

— Sim.

— E a roubaram?

— Claro.

— Escute, isso é grave. Quando for ao comissariado, leve todos os documentos relativos a essa arma.

— Tudo bem.

— Desculpe, mas a senhorita trabalha?

— Sim.

— E o que faz?

— Há seis meses sou chefe dos caixas no banco siciliano--americano.

"Estou quase transferindo minha conta para lá", pensou. Mas perguntou:

— Pode me explicar como faz para achar esses homens?

— Bem, encontros casuais, clientes do banco... Sabe, muitas vezes não precisamos nem verbalizar, nos entendemos de imediato.

— Escute, as chaves desta casa...

— Eles a deixaram na antessala.

— Uma última pergunta e terminamos aqui. De onde é?

— O quê?

— A senhorita, onde nasceu?

— Em Trieste. Mas minha mãe era de Vigata.

— Não é mais viva?

— Não. Nem meu pai. Ocorreu um terrível... acidente, aqui. Eu tinha cinco anos. Quando aconteceu, eu não estava presente, meus pais tinham me mandado para Trieste, para a casa dos meus avós.

Seus olhos celestes agora tinham uma tonalidade azul--escura. Evidentemente, a morte dos pais era um assunto doloroso para ela.

Montalbano levantou-se.

Ela também.

— Tenho de lhe pedir um grande favor — disse Angelica, afastando o cabelo do rosto.

— Pode falar.

— Seria possível omitir a primeira parte?

— Desculpe, não sei se entendi.

Ela deu um passo à frente e colocou as mãos nas lapelas de seu paletó.

Estava pertíssimo dele e Montalbano sentia o cheiro que exalava de sua pele. Deixava-o tonto.

Teve a impressão de que as mãos dela estavam pegando fogo, certamente deixaria marcas em seu paletó.

— O senhor poderia... não trazer à tona o assunto do quarto e dizer que o roubo foi cometido só aqui?

Montalbano sentiu que corria o perigo de derreter como um sorvete sob o sol.

— Bem... seria possível, mas ilegal.

— Mas o senhor não poderia mesmo?

— Poderia, mas... quem nos garante que a pessoa que passou a noite com a senhorita não vai sair por aí contando como as coisas realmente aconteceram?

— Isso seria um assunto para o senhor resolver.

Tirou as mãos das lapelas, levou-as até acima dos ombros de Montalbano e entrelaçou-as atrás da nuca do comissário.

Nessa posição, os lábios dela estavam perigosamente próximos.

Mas quanto mais tranquilidade pede,
Tanto mais sofrimento o assalteia...

— Se as pessoas soubessem deste quarto, seria meu fim, entende? Fui sincera com o senhor, presumi que podia confiar... Mas se o assunto for divulgado certamente haverá repercussões no trabalho, talvez até me demitam... Por favor! Eu lhe serei muitíssimo grata!

Montalbano fez um movimento rápido para se soltar, dando um passo para trás.

— Vou ver o que posso fazer. Até logo.

E praticamente fugiu.

Estava suado e se sentia tonto como se tivesse entornado meia garrafa de uísque.

* * *

Contou tudo a Fazio. Naturalmente, não lhe disse nada sobre o que tinha sentido por Angelica.

— Vamos pensar numa coisa de cada vez, doutor. Comecemos pelo roubo na *garçonnière*.

Não entendeu bem o motivo, mas essa palavra, dita por Fazio, o incomodou.

— O senhor entende por qual motivo abandonam no local o instrumento especial que usam para entrar nos apartamentos?

— As hastes retráteis? Pensei muito nisso. Eles não dão ponto sem nó. Antes de tudo, eles jogam de uma lateral para outra do campo, e isso se repete sempre da mesma maneira.

— Não entendi.

— Já vou me explicar. O roubo sempre acontece em dois momentos. Primeiro, eles entram numa casa, num quarto, onde você quiser, quando lá dentro está dormindo o proprietário ou a proprietária. E isso porque precisam se apoderar das chaves do outro apartamento, o de Vigata. A jogada começa em um lado do campo para terminar no outro. Está claro para você agora?

— Claríssimo.

— Por isso cheguei à conclusão de que o roubo na casa de campo de Incardona foi para despistar. Não corresponde ao *modus operandi* deles.

— E os instrumentos?

— Já vou chegar lá. Deixá-los no local significa duas coisas. Deve ser uma ideia do chefe da gangue. Por um lado, significa que não voltarão mais naquele lugar; por outro, o criminoso está nos dizendo que tem truques de sobra. Que para pegar as chaves de um apartamento ele pode simplesmente pensar em outra coisa. É o mesmo com o abandono das chaves na antessala dos apartamentos roubados: não são mais necessárias. Fui convincente?

— Foi convincente. E sobre o fato de a Srta. Cosulich não querer que a gente diga nada sobre o cantinho do abate, o que acha?

— Ainda não tenho certeza. Por um lado, queria lhe fazer esse favor; por outro, tenho medo de que o rapaz com quem ela estava...

— Acho que tenho a solução para isso — disse Fazio. — Quando a Srta. Cosulich vier fazer a denúncia eu lhe pergunto o nome do rapaz e depois falo com ele. Posso convencê-lo a ficar de boca fechada.

— Mas o problema não é só o rapaz.

— O que quer dizer?

— Quero dizer que quem vai saber que fizemos um relatório que não corresponde ao que realmente aconteceu é o chefe da gangue. Vamos chamá-lo de Sr. Z. O Sr. Z pode usar essa omissão ilegal a qualquer momento contra nós.

— E isso é de se esperar — disse Fazio. — Mas como o senhor mesmo reparou, o Sr. Z é um arrogante.

— E daí?

— É possível que essa omissão o aborreça e faça com que dê um passo em falso. O que acha?

Montalbano não respondeu.

— Doutor, está me ouvindo?

Montalbano tinha os olhos fixos na parede em frente.

Fazio se preocupou.

— Está se sentindo bem, doutor?

Sete

Montalbano deu um pulo. Depois tapeou a testa com força.

— Como sou imbecil! Você tem razão. Vamos escrever o relatório como Cosulich quer. Mas você tem de fazer uma coisa o quanto antes.

— Pode falar.

— Pegue a lista dos amigos dos Peritore e confira quem são os que têm uma segunda casa na qual passam os fins de semana ou dormem de vez em quando. Nos vemos daqui a uma hora.

— Mas aonde o senhor vai?

— Vou visitar o Zito.

Indo para Montelusa talvez perdesse a oportunidade de ver Angelica, mas paciência.

Estacionou diante da sede da Retelibera, desceu do carro e entrou. A secretária lhe deu um grande sorriso.

— Que surpresa boa! Há quanto tempo não nos vemos? O senhor está bem, doutor.

— E você cada vez mais bonita.

— O diretor está na sala dele. Pode ir.

Zito era um amigo de longa data.

A porta da sala do jornalista estava aberta, e ele, ao vê-lo, levantou-se e correu até para abraçá-lo.

78

— Como estão sua mulher e seu filho?

— Bem, obrigado. Está precisando de alguma coisa?

— Sim.

— À disposição.

— Você ouviu Ragonese dar a notícia de dois roubos?

— Sim.

— Houve um terceiro. Mas ninguém ficou sabendo ainda.

— Você está me dando a notícia em primeira mão?

— Sim.

— Obrigado. O que devo dizer?

— Que houve um roubo no apartamento da Srta. Angelica Cosulich, que mora em Vigata, na via Cavour 15. Deve reforçar que no número treze da mesma rua aconteceu um roubo precedente, contra o casal Peritore. Pode mencionar também que a Srta. Cosulich estava dormindo em seu apartamento no momento do roubo, mas não acordou por conta de um gás. E isso é tudo.

— O que espera conseguir?

— Uma reação.

— De quem?

— Sinceramente, não sei lhe dizer. Mas, se receber uma ligação, uma carta anônima que tenha a ver com a notícia, por favor, me avise.

— Vou colocá-la no ar no jornal da uma hora — disse Zito. — E depois repito no das oito.

Voltou ao comissariado a 70 km por hora, que, para ele, era uma velocidade de Fórmula 1.

— Chame o Fazio para mim — disse a Catarella.

— Doutor, resolvi o que o senhor queria com uma rodada de telefonemas — disse Fazio. — As pessoas da lista que têm casa fora da cidade são dois casais e um sujeito sozinho: os Sciortino, os Pintacuda e o Sr. Maniace, que é viúvo.

— Você descobriu onde ficam essas casas?

— Sim, tenho os endereços.

— Bem, precisamos que esses senhores nos informem quando pretendem...

— Já fiz isso — disse Fazio. — Como entendi qual era a intenção do senhor, tomei a liberdade de...

— Fez muito bem. Com certeza, o último roubo será numa dessas três casas.

— O Sr. Sciortino me avisou que talvez hoje chegue um casal de amigos de Roma. Estão planejando ir à casa de praia deles. Combinamos que se forem ele vai me avisar.

— E a Srta. Cosulich apareceu?

— Ainda não.

— A propósito, a viúva Cannavò, a fofoqueira, disse alguma coisa a você sobre Cosulich?

— E como não? Só faltou erguer um monumento para ela! Uma estátua a ser colocada em cima do altar! Ela me disse que era muito fiel ao noivo, que vinha vê-la uma vez por ano, que um monte de homens ficava atrás dela, mas ela nada, uma rocha.

Montalbano sorriu.

— Pelo visto, Cosulich soube guardar bem o segredo do cantinho do abate! É por isso que não quer que venha à tona.

Montalbano olhou o relógio, quase uma. Nesse momento o telefone tocou.

Era Angelica.

— Estou chegando, peço desculpas pelo atraso.

— Quando estiver aqui, pergunte pelo inspetor-chefe Fazio. Ele vai registrar sua denúncia.

— Ah.

O tom dela estava ligeiramente decepcionado. Ou estava enganado?

— Então não vou vê-lo? Eu tinha pensado... claro, se o senhor não tiver compromisso... em almoçarmos juntos.

Sente no peito seta sorrateira
Abrir chaga recôndita e maior...

— Quando terminar com o Fazio passe aqui — disse Montalbano com um tom de voz que beirava o burocrático e o indiferente.

Apesar disso, se não fosse por Fazio ainda estar na sala, teria começado a dar pulinhos de alegria.

Como fazer o tempo passar esperando que Angelica terminasse a denúncia com Fazio?

A pergunta lhe fez lembrar um episódio da época em que era vice-comissário. E conseguiu reduzir um pouco o nervosismo que lhe causava uma espécie de formigamento pelo corpo.

Certa noite, ficou de tocaia com dois homens numa ruazinha de um povoado que não conhecia, formado por cerca de trinta casinhas, perdido entre as montanhas.

Esperavam capturar um foragido.

Passaram a noite toda esperando, até o sol raiar.

Não havia mais nada a fazer, a operação tinha falhado.

Então foi com seus homens tomar um café e viu, a distância, na rua principal, uma lojinha com jornais expostos.

Foi até lá e, quando se aproximou daquela espécie de banca, notou que os jornais expostos eram velhos: datavam da década de 1940.

Havia até uma cópia de *Il Popolo d'Italia*, o notável jornal fascista, que trazia na primeira página o discurso de Mussolini declarando a guerra.

Surpreso e curioso, entrou na loja.

Nas prateleiras de madeira, cobertas de poeira, havia sabonetes, pastas de dente, lâminas de barbear, caixas de brilhantina, tudo da mesma época dos jornais.

Atrás do balcão estava um sujeito de uns setenta anos, muito magro, que tinha cavanhaque e óculos fundo de garrafa.

— Queria uma pasta de dente — disse Montalbano.

O velho lhe deu uma.

— Mas tem de experimentar antes — aconselhou —, pode ser que não esteja mais em bom estado.

Montalbano abriu a tampa, apertou e no lugar do vermezinho da pasta apareceu uma espécie de pó rosa.

— Secou — disse o velho, desconsolado.

Mas os olhos de Montalbano se iluminaram de divertimento.

— Vamos provar outra — disse, visto que queria ir a fundo naquela história que o deixava curioso.

Do segundo tubo também saiu pó.

— Me desculpe — perguntou ao velho, então —, mas me explique o que ganha com uma loja assim?

— O que ganho, meu ilustre? Passo tempo com forasteiros como o senhor.

Passar tempo significa sobreviver.

Como aquela vez em que travou um desafio de resistência ao sol com uma lagartixa...

Bateram à porta.

— Entre.

Eram Fazio e Angelica.

— Foi bem rápido. A senhorita foi ótima, trouxe uma lista detalhadíssima dos objetos roubados — disse Fazio.

— Então podemos ir? — perguntou Montalbano a Angelica.

— Quanto antes melhor — respondeu ela, sorrindo.

* * *

— Está de carro?

— Esqueceu que foi roubado?

Vê-la andando ao seu lado o desconcentrava.

— Então vamos no meu.

— Aonde vai me levar?

— Aonde costumo ir. Ao Enzo. Já foi lá?

— Não. Nós temos um acordo com um restaurantezinho atrás do banco. É mais ou menos. A comida é boa no Enzo?

— Ótima, caso contrário eu não iria.

— Também gosto de comida boa. Não ligo para coisas sofisticadas, prefiro algo simples e bom.

Um ponto a favor.

Aliás, o milésimo primeiro, considerando os mil pontos a favor que ela já tinha ganhado só com sua presença.

Enzo ficou impressionado com a beleza da mulher e não escondeu isso. Ficou um pouco fascinado, olhando-a de boca aberta; depois, quando notou uma manchinha imperceptível na toalha, fez questão de trocá-la.

— O que desejam?

— Eu vou querer o que ele quiser — declarou ela.

Sente aos poucos roer-se o peito seu
E arder em amoroso fogaréu.

Montalbano começou a litania.

— Um antepasto de frutos do mar?

— Bom!

— Espaguetes com ouriços-do-mar?

— Muito bom!

— Trilhas de recife fritas?

— Ótimo!

— Vinho da casa?

— Aceito.

Enzo afastou-se, feliz.

Agora vinha uma coisa difícil de dizer.

— A senhorita vai me considerar um mal-educado, e com razão. Mas tenho de avisá-la: detesto falar enquanto estou comendo. Tratando-se da senhorita, posso escutá-la com prazer, isso, sim.

Angelica começou a rir.

Uma risada feita de pérolas quicando no chão.

Um antigo cliente sentado sozinho a uma mesinha virou-se para Angelica e prestou homenagem a ela com uma reverência.

— Por que está rindo?

— Porque eu também não gosto de falar enquanto estou comendo. Se soubesse o sofrimento que é ter de estar à mesa junto com colegas que, além de tudo, só falam de trabalho!

Não trocaram mais uma palavra; mas olhares, sorrisinhos, gemidos, sim, e em grande quantidade.

Foi muito melhor do que uma longa conversa.

Comeram com calma e, quando saíram da trattoria, estavam se sentindo empanturrados.

— Eu a levo em casa.

— Vai voltar ao comissariado?

— Não imediatamente, antes...

— O que vai fazer?

— Bem...

Contar ou não para ela? Será que podia manter algum segredo dela?

— Vou de carro até o porto, estaciono, faço um passeio pelo cais até o farol, sento numa pedra, fumo um cigarro e depois volto.

— Cabem dois nessa pedra?

* * *

Cabiam, mas ficava apertado, portanto os corpos deles, por necessidade, se tocaram o tempo todo.

Soprava uma brisa leve, leve.

O Amor, que me abrasou, cria este vento...
Mas que milagre é, Amor, este que fazes?...

Terminaram o cigarro sem pronunciar uma palavra.

Então ela disse:

— Em relação àquele favor que lhe pedi...

— Fazio não lhe disse nada?

— Não.

— Resolvemos aceitar seu pedido.

Em resposta à sua pergunta, deveria ter falado antes, se quisesse realmente fazer o papel do funcionário público perfeito.

Percebeu que os dois falavam como se estivessem pisando em ovos; bastava uma palavra a mais ou uma a menos para arruinar tudo.

— Obrigada.

— Vamos voltar? — perguntou Montalbano então.

— Vamos.

Foi natural e simples o gesto de Angelica quando ela entrelaçou sua mão na dele na volta.

Chegaram ao carro.

— A senhorita quer que eu a deixe no banco?

— Não. Pedi um dia de folga. Quero arrumar as coisas em casa, a empregada vem me ajudar.

— Então a levo para casa?

— Prefiro ir a pé. Até porque não é tão longe. Obrigada pela companhia.

— Eu que agradeço.

Nos dias que se seguiram, não conseguiu se lembrar de como foi o restante daquela tarde no comissariado.

Certamente, Fazio foi lhe falar alguma coisa, mas não assimilou nenhuma palavra.

Seu corpo estava sentado na cadeira atrás da mesa, isso todos podiam ver, mas o que não viam era que sua cabeça, como um balão de gás, havia se desprendido do pescoço e estava grudada no teto.

Dizia sim sim e não não na hora certa e na hora errada.

Fazio entrou uma segunda vez, reparou em seu olhar perdido e preferiu voltar por onde veio.

Sentia que estava febril.

Por que Angelica não inventava uma desculpa qualquer e lhe dava um telefonema? Precisava ouvir sua voz.

Injusto, injusto amor, por que tão raro
Iguais paixões aos corações inspiras?

Finalmente eram oito horas. Havia chegado a hora de voltar para Marinella.

Levantou-se, saiu de sua sala e, quando se viu passando diante de Catarella, lhe perguntou:

— Alguém me ligou?

— Não, senhor, dotor, ninguém ligou pra vossinhoria.

— Tem certeza?

— Absoluta.

— Boa noi...

Mas Catarella o interrompeu.

— Telefonou agorinha mesmo um genérico.

— O sobrenome do sujeito é Genérico?

— Não senhor, dotor, genérico no sentido de que se tratava de uma coisa genericamente genérica.

O que isso significava?

— Pode se explicar melhor?

— Esse senhor não queria ninguém em especial.

— Mas o que disse?

— Uma coisa inútil sobre a qual este comissariado não sabia o que fazer.

— Me fale mesmo assim.

— Dotor, entendi pouca coisa. Ele disse que, como seu amigo tinha chegado, ele viajaria. E o que eu divia dizer como resposta? Desejei boas férias.

Montalbano teve um estalo.

— Ele lhe disse o nome?

— Sim, dotor, e eu escrevi.

Catarella pegou um pedaço de papel e o leu.

— Ele disse que se chamava Sciocchino.

Sciortino! Que, conforme o combinado, tinha avisado que ia para a casa de praia!

— Chame o Fazio e mande-o vir correndo me ver.

Voltou à sua sala e, um minuto depois, Fazio chegou.

— O que houve, doutor?

— Acabei de saber que os Sciortino foram à casa de praia com os amigos de Roma. Catarella me disse, por acaso. Ele nem ia comentar comigo. Culpa nossa, esquecemos de avisá-lo.

— Droga! Já liberei o Gallo hoje!

— Vamos mandar outro.

— Doutor, não temos funcionários. Com todos esses cortes que o governo fez...

— E eles ainda têm coragem de chamar isso de lei de segurança pública! Nós só acabamos ficando sem carros, sem gasolina, sem armas, sem homens... Vê-se que têm a séria intenção de favorecer a delinquência. Chega. O que podemos fazer?

— Se quiser, eu vou — disse Fazio.

Só havia uma solução. Montalbano tirou par ou ímpar e chegou a uma conclusão.

— Escute, vamos fazer assim. Eu vou até Marinella, como alguma coisa e depois, às onze da noite, vou lá montar guarda. Você vai me render à uma da madrugada. Me dê o endereço da casa.

Enquanto estava indo para Marinella, refletiu que talvez fosse melhor, enquanto ainda estava claro, ir dar uma olhada na casa dos Sciortino, que ficava a cerca de dez quilômetros de sua casa, passando Punta Bianca.

A ideia acabou sendo boa.

Bem atrás da casa, que era quase na beira do mar, havia uma pequena colina com algumas árvores. Chegava-se lá pela rodovia.

Estacionando o carro bem na margem, podia ficar de olho na casa enquanto estava comodamente sentado.

Pegou a estrada para voltar.

Ouviu o telefone tocar, como costumava acontecer, enquanto estava abrindo a porta. Correu para atender a chamada.

Era Livia.

Não quis admitir para si mesmo que havia ficado um pouco desapontado.

Livia ligou para avisar que chegaria tarde, já que tinha uma reunião com os sindicatos.

— E desde quando você lida com os sindicatos?

— Fui designada pelos meus colegas. Infelizmente, há demissões à vista.

Montalbano lhe desejou boa sorte.

Abriu a geladeira. Não havia nada. Abriu o forno e se alegrou.

Adelina havia preparado um prato de berinjela à parmegiana que alimentaria quatro pessoas. O cheiro estava delicioso.

Pôs a mesa na varanda, sentou-se e começou a comer. Sentia-se completamente satisfeito.

Como ainda tinha uma hora depois que terminou de jantar, foi tomar um banho e colocou um terno velho, mas confortável.

Ouviu o telefone tocar e foi atender.

Era Angelica.

O coração começou a bombear feito um velho trem subindo uma colina.

Oito

— Por que está ofegante?

— Fiz um pouco de jogging.

— Liguei para o comissariado e fizeram a gentileza de me dar seu número particular.

Pausa.

— Só queria lhe desejar boa-noite.

De repente tudo virou primavera.

Margaridinhas brotaram nas fendas entre os pisos no chão.

Duas andorinhas pousaram na estante. Pipiaram, se é que as andorinhas pipiam.

— Obrigado. Mas infelizmente não será uma boa noite para mim.

Por que disse isso?

Queria se expor ao ridículo ou queria parecer um guerreiro como Orlando aos olhos dela?

— Por quê? — perguntou ela.

— Tenho de vigiar a casa dos Sciortino.

— Sei onde é. Acha que esta noite os ladrões...

— É possível.

— Vai sozinho?

— Sim.

— E onde vai se esconder?

— Sabe aquele morrinho que tem...

— Sim, sei.

Outra pausa.

— Bem, tudo de bom e uma boa noite mesmo assim.

— Para a senhorita também.

Enfim, ela havia telefonado! Melhor do que nada. Foi ao carro cantarolando *"Guarda come dondolo..."*.

Após cerca de dez minutos no carro, percebeu que não tinha sido uma boa ideia.

Os Sciortino e o casal de amigos haviam feito um churrasco na beira da praia e agora estavam fumando e bebendo.

Por isso, ele não tinha nada para vigiar. Podia apenas começar a pensar.

E esse foi o grande erro.

Porque não pensou em absolutamente nada sobre a investigação, os ladrões e o Sr. Z.

Pensou em Angelica.

> *Tão por inteiro entregue a seu cuidado*
> *Como se em pedra bruta transformado.*

Imóvel, começou a sentir crescer dentro dele, repentina e violentamente, uma grande sensação de vergonha.

Embora não houvesse ninguém com ele, teve a sensação que sua cara enrubescia pelo embaraço.

Mas o que tinha feito? Perdido a noção?

Comportar-se com aquela mulher como um menino de dezesseis anos apaixonado! Uma coisa era sofrer de desejo aos dezesseis anos diante da ideia de uma mulher, outra coisa era dar uma de cretino com uma de carne e osso.

Havia confundido o sonho de menino com a realidade de um quase sessentão.

Ridículo! Estava demonstrando ser um homem ridículo!

Apaixonar-se assim por uma jovem que podia ser sua filha! O que esperava ganhar com isso?

Angelica tinha sido uma fantasia de juventude, e agora ele tentava resgatar a juventude há muito tempo perdida através dela?

Mas isso era capricho de um velho tolo!

Tinha de cortar isso logo. Imediatamente.

Isso não é coisa que um homem como ele faria.

E era provável que Fazio tivesse percebido tudo e agora ria dele.

Que espetáculo desprezível e miserável estava oferecendo!

Cuidoso, cabisbaixo ali se pôs...

Não! E, principalmente, chega dessa bobagem de *Orlando furioso*!

Dentro do carro, embora as janelas estivessem abertas, sentia falta de ar.

Abriu a porta, saiu, deu alguns passos. Podia escutar dali as risadas dos quatro na beira do mar.

Acendeu um cigarro e notou que as mãos tremiam.

Lá de baixo não podiam vê-lo.

Portanto, como primeira providência, ao voltar para Marinella, desligaria o telefone. Para o caso de Angelica ter a ideia de lhe dar um telefonema noturno.

E depois, na manhã seguinte, assim que chegasse ao comissariado, diria para Catarella...

De repente, notou que um carro saia da rodovia. Os faróis estavam apagados e o veículo seguia na velocidade mínima em direção ao lugar onde ele estava.

Sentiu uma pontada no peito.

Eram os ladrões, certamente.

Eles também tinham escolhido o morrinho como ponto de observação.

Jogou o cigarro fora e, curvado, correu em direção ao seu carro, abriu o porta-luvas, pegou a arma e agachou-se.

O outro carro avançava devagar, ainda com os faróis apagados.

Bolou um plano.

Detê-los agora não faria sentido; aliás, seria um grande erro.

Era preciso esperar que eles tentassem entrar na casa. E então imediatamente telefonaria com o celular para os Sciortino para avisá-los. Eles começariam a gritar, a pedir socorro, e os ladrões, amedrontados, abandonariam a ação.

E ele, nesse meio-tempo, garantiria que os ladrões, quando voltassem para pegar o carro e fugir, o encontrassem quebrado.

O restante ele improvisaria.

O veículo parou a pouca distância. A porta se abriu.

Saiu Angelica.

A abraçar a formosa, a deusa eleita
Corre o guerreiro, cheio de carinho.
Acolhendo-o nos braços, ela o estreita...

Mais tarde, quando os Sciortino e seus amigos tinham ido se deitar — as luzes da casa estavam todas apagadas e a lua cheia iluminava intensamente a noite —, perguntou a ela:

— Por que você veio?

— Por três motivos — disse ela. — Porque não estava com sono, porque queria ver você de novo e porque pensei que não despertaríamos suspeitas nos ladrões se fôssemos um casal se esfregando dentro de um carro.

— E o carro que você usou para vir até aqui?

— Aluguei hoje à tarde. Não consigo ficar sem carro.

— Não gosto de ficar esperando no carro. Temos tempo.

— Também não gosto.

Mais tarde ainda, já às duas e meia da manhã, Montalbano disse à jovem que, dali a pouco, Fazio chegaria para rendê-lo.

— Quer que eu vá embora?

— Seria melhor.

— Vamos almoçar juntos amanhã?

— Me ligue no comissariado. Se eu estiver livre...

Deram um abraço forte.

Depois trocaram um beijo tão demorado que, quando se afastaram, estavam ofegantes como dois mergulhadores após uma longa apneia.

Então ela foi embora.

Após cerca de dez minutos, Fazio chegou. Montalbano o esperava fora do carro.

Não queria que ele se aproximasse, estava impregnado demais do cheiro de Angelica.

— Novidades? — perguntou Fazio.

Que novidade, que nada! Havia acontecido um milagre inesperado, divino. Mas não tinha a ver com a investigação.

— Nenhuma. Tudo tranquilo.

Sem motivo algum, Fazio acendeu na cara dele a grande lanterna do equipamento da polícia.

— Doutor! O que fez nos lábios?

— Por quê?

— Estão vermelhos e inchados.

— Talvez algum mosquito tenha me mordido.

Ele e Angelica não tinham feito outra coisa, por quase quatro horas, além de ficarem se beijando sem parar.

— Então boa noite, doutor.

— Boa noite para você. Ah, uma coisa: se precisar, me ligue, não tenha vergonha.

— Está bem.

Sabia que não faria sentido ir se deitar.

Ele apenas se remexeria na cama, sem conseguir pregar o olho, com o pensamento sempre fixo em Angelica.

Por isso resolveu ir até a varanda, com os cigarros e o uísque à mão.

E assim viu o amanhecer.

Depois veio o pescador de sempre, que o cumprimentou levantando o braço e foi colocar o barco na água.

— Quer dar uma volta?

— Por que não? Já volto.

Entrou em casa, colocou o calção, desceu à praia, colocou os pés na água e subiu no barco.

Atirou-se na água, em alto-mar, e deu uma grande nadada de quase uma hora, até se sentir exausto.

A água estava gelada, mas era aquilo que precisava para esfriar o sangue, que, naquela noite, atingira a temperatura de ebulição.

Chegou ao comissariado novinho em folha e não eram nem nove horas.

— Meu Deus, dotor! O senhor está com uma cara ótima esta manhã! Parece que tem dez anos a menos! — exclamou Catarella ao vê-lo.

— Já que tocou no assunto, se tivesse dito trinta a menos seria melhor — respondeu Montalbano. Depois perguntou: — Fazio já chegou?

— Chegou agorinha mesmo.

— Mande-o à minha sala.

— Tudo tranquilo — disse Fazio, entrando. — Saí de lá às cinco e meia. Tarde demais para os ladrões.

— Talvez fosse melhor você dar um telefonema para Sciortino para saber até quando vão ficar em Punta Bianca.

— Já fiz isso.

Quando Fazio dizia "já fiz isso", algo que acontecia com frequência, o nervosismo o invadia.

— Até depois de amanhã.

— E isso significa que precisamos organizar os turnos para esta noite e para amanhã à noite.

— Já fiz isso.

Debaixo da mesa, o pé de Montalbano, por vontade própria, começou a bater o salto no chão.

— Precisa de mim? — perguntou.

— Não, senhor. Está dispensado, por ora. A não ser que o senhor goste...

O que significava essa frase?

Estava fazendo alguma alusão? Tinha desconfiado de alguma coisa?

Fazio era um ótimo policial que, nesse tipo de situação, precisava evitar como uma doença contagiosa.

— Acha que eu gosto de ficar sentado no carro de vigia? — perguntou grosseiramente, de propósito.

Fazio não replicou.

— Com todos aqueles mosquitos que não dão trégua? — continuou o comissário.

— A mim eles não morderam — disse Fazio.

Dessa vez quem não replicou foi Montalbano. Torceu para Angelica não lhe telefonar enquanto Fazio ainda estivesse em sua sala.

De repente, Montalbano teve uma ideia.

Tinha o número de telefone da casa de praia dos Sciortino no celular, mas o havia esquecido em Marinella.

Então pediu para Fazio e assim que ele lhe deu, ligou.

— Alô? — disse uma voz feminina.

— Bom dia. Aqui é o comissário Montalbano. Queria falar com o Sr. Sciortino.

— Sou a esposa dele, já vou passá-lo ao senhor.

— Bom dia, pode falar, comissário.

— Sr. Sciortino, me desculpe incomodá-lo, mas eu estava precisando de uma informação.

— À disposição.

— Disse aos seus amigos de Vigata que iria passar três dias na sua casa de praia?

— Desculpe, mas por que está me fazendo essa pergunta?

— Não posso responder, acredite em mim.

— Confio plenamente em meus amigos.

— Tenho certeza de que tem seus motivos para confiar neles.

— E, além do mais, me parece que não aconteceu nada noite passada, certo?

— Absolutamente. Mas lhe peço para me responder assim mesmo.

— Acho que não contei para ninguém.

— Pense bem.

— Tenho certeza, para ninguém.

— E sua esposa?

— Espere um momento.

Levou mesmo um momento.

— Antonietta disse a mesma coisa.

— O senhor foi muito gentil, obrigado.

Assim que desligou, Fazio lhe disse:

— Esse caminho não leva a lugar nenhum, doutor.

— Explique-se.

— Sei qual é a sua intenção. Mas, mesmo se os ladrões não aparecerem nas próximas duas noites, isso não significa que o Sr. Z seja um dos dezoito amigos dos Peritore. Independentemente de fazer ou não parte do grupo, pode ser que ele não tenha interesse em roubar a casa dos Sciortino.

— Faz sentido — admitiu Montalbano.

Se estivesse em condições normais, nunca teria pensado numa bobagem dessas.

Mas podia se considerar normal um quase sessentão estar com os quatro pneus arriados por causa de uma mulher que não tinha nem trinta anos?

Mais para demonstrar compostura diante de Fazio do que por verdadeira necessidade, ligou para a Retelibera.

— Posso falar com o Zito? Aqui é Montalbano.

— Um momento.

O aparelho começou a transmitir um trecho de *O anel de Nibelungo*, que não era bem uma coisa para entreter ao telefone.

— Oi, Salvo.

— Oi. Escute, depois da notícia que você deu do roubo, houve reações?

— Nenhuma. Ou eu teria lhe telefonado.

— Tudo bem, até logo.

Mais um tiro que saiu pela culatra, por assim dizer.

Trocaram um olhar desolado.

— Vou para a minha sala — disse Fazio, levantando-se e saindo.

Logo depois o telefone tocou.

— Dotor, acontece que eu estaria com a Sra. Cosulicchio.

— Aqui?

— Não, senhor. Na linha.

— Pode me passar.

Sincronia perfeita.

— Oi.

— Oi.

— Dormiu bem? — perguntou ela.

— Não fui para a cama.

— Aconteceu alguma coisa?

— Não. Mas, como eu tinha certeza de que não conseguiria dormir, esperei amanhecer.

— Já eu dormi feito uma pedra. Estou ligando do trabalho, tenho pouco tempo. Não vai dar para almoçar com você.

Seu coração despencou no chão e certamente sofreu algumas lesões.

— Por quê?

— Tenho de ficar no banco por uma meia horinha depois do fechamento, quase não daria para aproveitarmos nosso tempo juntos.

— É sempre melhor do que nada.

— Eu penso diferente. Termino aqui às seis. Passo em casa, troco de roupa e depois vou à sua casa, se você quiser e estiver livre. Saímos para jantar em vez de almoçar.

— Combinado.

— Depois me explique como faço para chegar à sua casa.

As lesões do coração da queda anterior cicatrizaram perfeitamente.

Foi comer no Enzo.

— E a moça bonita de ontem?

Parecia desapontado.

— Enzo, ela é só uma conhecida.

— Também queria ter uma conhecida assim.

— O que tem para mim hoje? — cortou Montalbano.

— O que quiser.

O antepasto, com certeza. Risoto de peixes sortidos. Dois linguados enormes que nem cabiam no prato.

Estava se levantando para sair quando Enzo o chamou.

— Telefone, doutor.

Quem se atrevia a encher seu saco durante o horário de almoço? Dera uma ordem explícita a respeito disso.

— Peço compreensão e perdão, dotor. Mas agorinha mesmo telefonou o senhor e subrintendente que parecia tão furioso como uma onça-pintada da floresta tropical! Meu Deus, como ele fez os pelos dos meus braços se arrepiarem!

— O que ele queria?

— Não me falou. Mas daqui a meia hora vai telefonar de novo e disse que quer encontrá-lo no comissariado absoluto absolutissimamente.

— Chego já, já.

E adeus passeio até o cais. Como faria sua digestão?

Era melhor providenciar outra coisa.

— Enzo, preciso de algo para a digestão.

— Tenho um *limoncello* que minha esposa faz que é muito melhor do que um desentupidor de pia.

E, de fato, fez certo efeito.

Havia uns dez minutos que estava sentado em sua poltrona quando o telefone tocou.

— É ele, dotor! — disse Catarella agitado.

— Me passe.

— Montalbano!

— Estou aqui, senhor superintendente.

— Montalbano!

— Continuo aqui.

100

— E essa é a minha maldição! Que o senhor continue aí em vez de ir pro inferno! De desaparecer! Mas dessa vez, em nome de Deus, vai pagar por tudo que fez!

— Não estou entendendo.

— Vai entender. Eu o espero às seis horas.

O cacete! Nem às seis, nem depois, nem que Deus em pessoa viesse à terra! Precisava inventar uma desculpa.

— O senhor disse às seis?

— Sim. Ficou surdo?

— Mas às seis chega o *Pinkerton*!

— Chega o quê?

— Um navio, senhor superintendente.

Nove

— Um navio? E o que o senhor tem a ver com isso?

— Fui alertado pela capitania dos portos. Parece que há contrabando a bordo.

— Mas isso não é da alçada do pessoal do controle aduaneiro?

— Sim senhor. Mas estão todos doentes. Há uma pequena epidemia de disenteria. Parece que houve uma contaminação no tubo da água potável.

O que mais podia inventar?

— Mande seu vice!

— Foi liberado, senhor superintendente.

— Liberado? Que diabos está dizendo?

— Me desculpe, me confundi. Queria dizer que está de licença.

Maldito Catarella!

— Então o espero às cinco em ponto.

Desligou sem se despedir.

Mas o que podia ter acontecido?

Tocou o telefone. Era Zito.

— Viu o que disse Ragonese mais cedo?

— Não. O que disse?

— Venha aqui que ponho a gravação para você ver, é melhor.

Vinte minutos depois entrava às pressas nos estúdios da Retelibera.

— Vamos para a salinha. Está tudo pronto — disse Zito.

Na salinha não havia ninguém.

Zito deu início à gravação.

O cara de cu de galinha do Ragonese começou a falar:

Tomamos conhecimento de um fato de enorme gravidade. Naturalmente, entregaremos ao senhor superintendente Bonetti-Alderighi a carta que nos colocou a par do episódio. Já havíamos informado aos nossos telespectadores que nossa cidade está sofrendo uma onda de roubos em casas e que o comissário Salvo Montalbano, infelizmente responsável pelas investigações, ainda não conseguiu pôr um freio. Pelo que dizem, os ladrões têm um modus operandi.

Eles entram numa casa de veraneio enquanto os donos estão dormindo, tomam posse das chaves da residência principal e vão roubá-la comodamente. O mesmo aconteceu no novo roubo sofrido pela Srta. Angelica Cosulich, mas, em seu relatório, o comissário Montalbano alterou os fatos, escrevendo que o crime teria acontecido apenas e exclusivamente na residência principal da Srta. Cosulich. Mas o processo havia sido o mesmo: antes os ladrões haviam entrado na mansão de um primo da Srta. Cosulich, enquanto ela dormia lá, e pegado as chaves. Agora há duas perguntas a serem feitas. Foi a Srta. Cosulich que não contou ao comissário Montalbano como os fatos haviam realmente ocorrido? E, se sim, com qual finalidade? Ou foi o comissário Montalbano que fez um relatório parcial sobre os acontecimentos? E, se sim, por quê? Manteremos nossos telespectadores informados sobre os futuros desdobramentos de um fato que consideramos muito grave.

— Queria uma reação? Conseguiu! — disse Zito.

Agora tinha entendido o que havia enfurecido o senhor superintendente.

Eram quatro e meia da tarde e por isso se encaminhou lentamente para o comissariado de Montelusa.

O contínuo o acompanhou até a sala de Bonetti-Alderighi às 17h20.

Montalbano estava tranquilo, teve tempo suficiente para preparar uma defesa dramática, a ser desempenhada à la italiana das antigas, tipo Gustavo Salvini ou Ermete Zacconi.

O superintendente não tirou os olhos da folha que estava lendo, não o cumprimentou, nem sequer lhe disse para se sentar.

Aviso aos navegantes: tempestade de forte intensidade chegando.

Depois, ainda sem dizer uma palavra, o superintendente esticou o braço e deu a Montalbano a folha que estava lendo.

Era uma carta anônima, escrita em letra de forma.

NÃO É VERDADE QUE OS LADRÕES ENTRARAM APENAS NO APARTAMENTO ONDE MORA ANGELICA COSULICH. ELES PEGARAM AS CHAVES NA MANSÃO DE UM PRIMO DELA, ONDE A MESMA TIROU UM DIA DE FOLGA. POR QUE O COMISSÁRIO MONTALBANO OMITIU ISSO EM SEU RELATÓRIO?

Montalbano jogou a folha desdenhosamente em cima da mesa do superintendente.

— Exijo uma explicação! — disse Bonetti-Alderighi.

Montalbano levou a mão à testa como se estivesse doendo. Então disse, com a voz impostada:

— Ai de mim! Que grave ofensa é essa?

Tirou a mão da testa, arregalou os olhos e apontou para o superintendente com o indicador tremendo.

— Ferido estou com tão iníqua injúria!

— Ora, Montalbano, ninguém o está injuriando! — disse o superintendente, um pouco envergonhado.

104

— Deu ouvidos a um vil anônimo! O senhor, sim, o senhor, que proteger deveria um leal seu, o senhor o abandona à mercê de uma tal fanfarronice torpe!

— Mas por que está falando assim? Acalme-se, vamos!

Montalbano, mais do que se sentar, desabou numa cadeira.

— Meu relatório é honesto e verídico! E não cabe dúvida no tocante a ele!

— Mas por que está falando assim? — repetiu o superintendente, impressionado.

— Posso beber um pouco de água?

— Fique à vontade.

Montalbano levantou-se, deu dois passos, cambaleando feito um bêbado, abriu o frigobar, serviu-se de um copo de água e voltou a se sentar.

— Agora estou melhor. Me perdoe, senhor superintendente, mas quando sou acusado injustamente perco o controle da linguagem por algum tempo. É a síndrome de Scott Turow, conhece?

— Vagamente — disse o superintendente, que não queria parecer um completo ignorante. — Me diga como realmente aconteceram os fatos.

— Senhor superintendente, essa carta só diz falsidades. É verdade que a Srta. Cosulich dormia na mansão de seu primo...

— Mas então...

— Deixe-me terminar, por favor. Os ladrões, porém, não entraram na mansão, não a roubaram.

E essa era a mais pura e simples verdade.

— Mas como fizeram para pegar as chaves? Porque ela, em seu relatório, diz que a porta do apartamento não foi forçada!

— Deixe-me explicar. A Srta. Cosulich descuidadamente deixou as chaves do apartamento de Vigata no painel de seu carro, que estava estacionado em frente à mansão. Os ladrões, evidentemente de passagem, forçaram a porta do automóvel, olharam os documentos com o endereço dela e se aproveitaram da ocasião. Tecnicamente, eu não podia escrever no relatório sobre um roubo na mansão que nunca aconteceu. Mas escrevi que o carro dela foi roubado. Como vê, não houve nenhuma omissão.

Olhou o relógio. Mãe do céu, 17h57!

— Me desculpe, senhor superintendente, mas o *Butterfly* está chegando e eu...

— Mas não disse que se chamava *Pinkerton*?

— Me perdoe, o senhor tem razão, *Pinkerton*, mas essa acusação injusta me...

— Vá, vá.

Correu em direção a Marinella em desabalada carreira, o equivalente a uns 80 km/h para um motorista normal.

Enquanto estava atravessando o povoado de Villaseta, um carabineiro com placas de sinalização, que talvez estivesse escondido no mato, pôs-se diante dele e o parou.

— Carteira de motorista e documento do carro.

— Me desculpe, por quê?

— O limite de velocidade dentro de um centro urbano é de cinquenta quilômetros por hora. Até as paredes sabem disso.

O nervosismo por mais essa perda de tempo e pela frase feita fizeram o comissário dar uma resposta infeliz.

— Mas as portas não estão informadas?

O carabineiro olhou-o de cara feia.

— Tem alguém querendo bancar o engraçadinho?

Não podia começar um bate-boca; era capaz de o sujeito o levar para o quartel e adeus, Angelica.

— Me desculpe.

A humilhação, a vergonha, a ofensa para um comissário de polícia ter de se desculpar a alguém das forças armadas!

O carabineiro, que estava olhando atentamente a carteira de motorista, fez uma cara esquisita.

— O senhor é o comissário Montalbano?

— Sim — admitiu a contragosto.

— Está em serviço?

Claro que estava em serviço, ele sempre estava em serviço.

— Sim.

— Então pode ir — disse o carabineiro, devolvendo-lhe a carteira e o documento do carro e lhe fazendo uma saudação militar.

Afastou-se a uma velocidade que o faria chegar por último numa competição entre tartarugas, mas, na primeira curva, voltou aos 80 km/h.

Chegou a Marinella às 18h40.

Sabe-se lá se Angelica tinha telefonado!

Tirou o telefone do gancho, foi tomar um banho rápido, porque estava ensopado de suor, colocou o telefone de volta no lugar e se trocou.

A cena dramática com o senhor superintendente havia sido muito cansativa...

Às sete e meia, quando já tinha fumado um maço inteiro de cigarros, o telefone resolveu tocar.

Era Angelica.

— Aconteceu um imprevisto.

O que era aquilo? O dia do não?

— Fale.

— Estou na mansão do meu primo. Vim para arrumar meu quarto, sabe, depois do roubo não tinha mais voltado aqui, e de repente acabou a energia. Um fusível deve ter queimado.

107

Tenho todo o necessário aqui, mas não sou capaz de dar um jeito no problema.

— Me desculpe, mas por que precisa da energia agora? Tranque tudo, venha à minha casa e amanhã você chama um eletricista.

— Esta noite chega a água.

— Não entendi.

— Aqui a água chega uma vez por semana. Se não houver eletricidade na cisterna, a água não é bombeada. Entende? Corro o risco de ficar mais de uma semana sem.

Montalbano teve um mau pensamento: será que ela precisaria do quartinho nos próximos dias?

Como se houvesse lido seu pensamento, ela disse:

— Não vou poder lavar o chão, que está sujo.

— Eu posso tentar consertar.

— Não tive coragem de pedir. Já lhe explico o caminho para chegar aqui.

Havia escolhido bem o lugar!

Era em uma região afastada da cidade, no campo, o comissário levou 45 minutos para chegar.

Da estrada de terra partia uma alameda comprida, no início da qual havia um portão de ferro que não devia ser fechado havia vários anos, e que levava a uma grande mansão setecentista, completamente isolada e bem conservada.

Estacionou o carro atrás da mansão.

Angelica o esperava no topo da escadinha que levava ao seu quarto.

— Estou aqui!

E sorriu para ele. Foi como se o sol, que estava se pondo, houvesse mudado de ideia e voltado a pino no céu.

108

Montalbano começou a subir, e ela desceu alguns degraus. Abraçaram-se e beijaram-se no meio da escada. Então o comissário disse:

— Vamos aproveitar que ainda tem um pouco de luz.

Ela lhe deu as costas, subiu o restante da escada e entrou no quarto.

Montalbano acabou pisando em falso enquanto subia os degraus e caiu de mau jeito, sentindo uma forte dor no tornozelo esquerdo. Conteve com dificuldade uma série de xingamentos.

Angelica correu para ajudá-lo.

— Você se machucou?

— Um pouco no... tornozelo.

— Consegue andar?

— Sim, não vamos perder tempo, daqui a pouco escurece.

Demorou pouco tempo para identificar a caixa que, da mansão, levava luz ao quarto. Subiu em uma cadeira e retirou a tampa.

Houvera um curto-circuito num fio.

— Vá à mansão e desligue a luz.

Ela abriu uma porta e sumiu.

Montalbano aproveitou para dar uma olhada no quarto.

Era espartano, devia servir apenas a um objetivo. Àquele. E a constatação o deixou de mau humor.

Angelica voltou.

— Pronto.

— Me dê um pouco de fita isolante.

Levou dois minutos para fazer o conserto.

— Ligue a luz de novo.

Ficou de pé em cima da cadeira esperando o resultado.

De repente, a lâmpada no meio do quarto se acendeu.

— Muito bem! — disse Angelica, voltando.

E depois:

— Por que não desce?

— Vou precisar da sua ajuda.

Ela chegou perto e ele, apoiando-se com as duas mãos em seus ombros, desceu com cuidado.

Estava com uma dor do cão.

— Deite-se na cama — disse Angelica. — Quero ver o que você arrumou.

Ele obedeceu. Ela levantou um pouco da calça da perna esquerda do comissário.

— Meu Deus! Como inchou!

Tirou seu sapato, com certa dificuldade, e a meia também.

— É uma bela torção!

Foi ao banheiro e voltou com um tubo na mão.

— Isto vai aliviar sua dor, pelo menos.

Ela o massageou em volta do tornozelo, espalhando a pomada.

— Daqui a uns dez minutos ponho sua meia de novo.

E foi se deitar ao lado de Montalbano.

Depois o abraçou, colocando a cabeça em seu peito.

Foi então que Montalbano, de repente, pensou:

Que aquela mesma cama em que se via
Muitas vezes à ingrata deu aconchego
E àquele com quem vive em mancebia...

E aqui não se tratava de um único amante, mas sabe-se lá de quantos!

Carne comprada. Homens que eram pagos para fazê-la gozar.

Quantos pares de olhos tinham visto seu corpo nu?

Quantas mãos a haviam acariciado naquela cama?

E quantas vezes aquele quarto, que parecia uma cela, tinha escutado a voz dela dizendo mais... mais...

Um ciúme feroz o invadiu.

O pior ciúme, o do passado.

Mas não podia fazer nada a respeito, estava começando a tremer de raiva, de furor.

Salta do leito odioso qual labrego
Que a cochilar na grama se estendia...

— Vou embora! — disse, sentando-se.

Angelica, perplexa, levantou a cabeça.

— O que deu em você?

— Vou embora! — repetiu, pondo a meia e o sapato.

Angelica deve ter intuído algo do que estava passando pela cabeça dele, porque ficou olhando-o sem dizer mais uma palavra.

Montalbano desceu a escada rangendo os dentes para não se lamentar, entrou em seu carro, deu partida e foi embora.

Estava furioso.

Assim que chegou a Marinella tirou o telefone da tomada e foi se deitar.

Quatro uísques depois, jogado na cama com a garrafa à mão, sentiu que a raiva havia diminuído alguns graus.

E começou a raciocinar.

Em primeiro lugar, precisava cuidar do tornozelo, caso contrário não conseguiria ir ao comissariado no dia seguinte.

Olhou o relógio, eram nove e meia da noite.

Ligou para Fazio do celular e lhe explicou a situação. Disse, porém, que a torção tinha acontecido subindo da praia à varanda.

— Daqui a uma meia hora chego com Licalzi.

— E quem é?

— O massagista do time de futebol de Vigata.

Nem sabia que em Vigata havia um time de futebol.

Apesar da dor que sentia e do desgosto pelo jantar frustrado com Angelica, sentiu fome.

Levantou-se, andou apoiando-se nas cadeiras e nos móveis até chegar à cozinha.

Na geladeira, havia um pratão de salada de frutos do mar.

Comeu sentado à mesinha da cozinha, sem nem temperar a salada.

Tinha acabado de terminar o prato quando bateram à porta. Foi abrir.

— Apresento-lhe o Sr. Licalzi — disse Fazio.

Era um homenzarrão de 1,90 m, com mãos que assustavam. Trazia uma valise preta, como as dos médicos.

Montalbano foi para a cama e ele começou a se ocupar do pé e da perna do comissário.

— Não é nada sério — disse Licalzi.

E quando, por acaso, havia acontecido algo sério em sua vida?, pensou amargamente.

E, se havia acontecido, o absurdo das últimas 24 horas o havia apagado por completo.

Licalzi terminou de enfaixar seu pé, bem apertado.

— Seria melhor se amanhã de manhã o senhor não saísse de casa e ficasse de repouso.

Passar uma manhã sozinho com si mesmo e com seus pensamentos, no momento, não dava de jeito nenhum.

— Impossível! Tenho muito trabalho no comissariado!

Fazio olhou-o e não disse nada.

— Mas dirigir não é...

— Venho buscá-lo às nove — disse Fazio.

— Uma bengala seria útil.

— Deixe que eu trago — interrompeu novamente Fazio.

— E escute... só levante da cama o mínimo possível — reforçou Licalzi.

Montalbano procurou Fazio com os olhos. Ele fez sinal de não com a cabeça. Não era o caso de pagar o massagista.

— Eu lhe agradeço muitíssimo mesmo — disse Montalbano, estendendo-lhe a mão.

E fez menção de se levantar para acompanhá-los.

— Não se levante, sabemos o caminho — ordenou Licalzi.

— Boa noite, doutor.

— Obrigado a você também, Fazio.

— De nada, doutor.

E agora vinha a parte difícil.

Apesar do que Licalzi havia acabado de lhe recomendar, levantou-se, pegou garrafa, copo, cigarros e isqueiro, e foi se sentar na varanda.

Primeiro ponto fundamental, essencial para o desenvolvimento do raciocínio seguinte:

Você, caro Salvo, é um grande cretino, enquanto Angelica Cosulich é uma pessoa sincera e leal.

Ela não havia lhe contado logo de cara sobre o quartinho?

E também o motivo pelo qual precisava disso?

Não havia sido uma das primeiras coisas da qual lhe falara com extrema franqueza?

E o que ele por outro lado ia preferir?

Que a moça fosse uma virgenzinha feito uma rosa, para continuar falando dela com Ariosto?

E se ao colher aquela rosa, *intocada*, fosse ele o primeiro?

Dez

Mas tinha ficado completamente abobalhado?

Ou se tratava de um dos primeiros sinais de tolice típicos da velhice?

Não, dentro do quarto dela não havia sido atacado por uma grande cacetada de ciúme ou de raiva, como acreditara, mas por uma grande cacetada de imbecilidade senil.

E Angelica devia ter se sentido profundamente ofendida e desapontada pelo seu comportamento.

Havia jogado limpo com ele e essa era a recompensa?

Na noite em que passaram juntos no carro, enquanto se beijavam, se abraçavam, se acariciavam, nem uma vez sequer ela lhe havia dito te amo ou gosto de você.

Comportara-se de maneira honesta naqueles momentos também.

E ele a tratara como a tratara.

Até o Sr. Z, ao escrever a carta anônima para Ragonese...

Um momento!

Pare aqui, Montalbà!

Quando Bonetti-Alderighi o fizera ler a carta, ele havia notado algo de estranho que, no momento, não lhe soara bem, mas estava envolvido demais com o papel que devia representar para tentar entender do que se tratava.

O que estava escrito naquela folha?

De repente, tudo lhe voltou à cabeça.

O Sr. Z, que o acusava de ser omisso, de sua parte cometera duas omissões, certamente de propósito.

A primeira era que falava apenas e exclusivamente da mansão do primo de Angelica e não havia mencionado minimamente o quartinho especial que ela mantinha na mansão.

A segunda era que havia deixado completamente de lado o uso que Angelica fazia daquele quarto.

Ou melhor, escrevera que Angelica tinha ido lá para passar um dia de folga. Ou algo parecido.

Também não disse que os ladrões, quando entraram, tinham percebido muito bem que a mulher estava na cama com um homem!

E então: por que tinha omitido esses dois detalhes tão importantes?

Queria causar um prejuízo somente a ele, conservando de alguma maneira a honra de Angelica?

E por quê?

Que relação podia ter o Sr. Z com a jovem?

Era uma coisa que só Angelica podia lhe explicar.

Mas isso significava ter de vê-la de novo.

E ele não tinha nenhuma intenção de fazer isso.

Porque a cena ridícula feita no quartinho tivera um lado positivo, pelo menos.

Havia feito com que entendesse que o caso com Angelica não podia continuar.

De jeito nenhum.

Havia sido, mais do que uma empolgação, um surto de loucura.

Sentiu um nó na garganta.

Dissolveu-o com o décimo copo de uísque.

Depois apoiou os braços em cima da mesinha, abaixou a cabeça e pegou no sono quase no mesmo momento, completamente tonto de álcool e autopiedade.

Por volta das cinco da manhã se arrastou até a cama.

— Doutor, quer café?

— Sim, Adelì.

Abriu um dos olhos, cinco minutos depois conseguiu abrir o outro também. Estava com um pouco de dor de cabeça.

A primeira xícara de café o acordou.

— Me traga mais uma xícara.

A segunda xícara lhe deu uma levantada.

O telefone tocou.

Achava que a tomada ainda estivesse desconectada; talvez a empregada a tivesse colocado de volta no lugar.

— Adelì, atenda você. Diga que não posso sair da cama.

Ele a ouviu falar, mas não entendeu com quem. Depois Adelina entrou no quarto.

— Era sua noiva. Vai ligar no celular.

Que, de fato, tocou a marchinha.

— Onde você esteve ontem à noite? Não sabe quantas vezes liguei!

— Eu estava de tocaia.

— Podia ter me avisado!

— Desculpe, mas fui do comissariado direto para o local. Não passei em Marinella.

— E por que não pode se levantar?

— Torci o tornozelo. Sabe, à noite, tudo escuro...

Muito bem, Montalbano! Indagador incansável da verdade em público, solene mentiroso na vida privada.

* * *

Fazio chegou às nove em ponto.

— Tranquilidade absoluta na casa dos Sciortino.

— Vamos ver o que acontecerá esta noite.

Quando teve de colocar os sapatos, o esquerdo não entrava de jeito nenhum.

— Ponha um sapato em um pé e um chinelo no outro — sugeriu Fazio, que o ajudara em vão.

Montalbano desanimou.

— Me sinto ridículo indo ao comissariado de chinelo.

— Então fique aqui, até porque não há muito a fazer por lá. Volto depois do almoço com Licalzi.

— Espere um momento. Sente-se. Tenho de lhe dizer uma coisa. Ontem, quando o superintendente me ligou...

Contou a ele o que estava escrito na carta anônima.

— Não acha esquisito?

— Claro.

— Devemos interrogar a Srta. Cosulich sobre isso?

— Seria a única pessoa que pode nos dar uma explicação — disse Fazio.

— Então pode chamá-la e interrogá-la.

Fazio olhou-o surpreso.

— Me parece uma coisa bastante indelicada. Por que o senhor não faz isso amanhã, já que tem mais intimidade com ela?

— Primeiro porque perderíamos tempo demais. E, depois, quem disse que eu sou mais íntimo dela do que você?

Fazio não arriscou abrir a boca.

— Telefone para ela esta manhã mesmo — continuou o comissário — e diga para passar no comissariado quando sair do banco, que seria por volta das seis da tarde. Depois venha aqui e me conte tudo.

* * *

Ficou a manhã inteira deitado lendo um romance.

Sentia-se convalescente não do pé, mas do coração.

Às uma, Adelina lhe serviu a comida na cama.

Pasta 'ncasciata (uma delícia capaz de fazer alguém que está prestes a atentar contra a própria vida mudar de ideia).

Anéis de lula fritos e crocantes.

Fruta.

Quando Adelina foi embora, depois de ter lhe deixado o jantar pronto, chegou à conclusão de que não conseguiria fazer a digestão se continuasse deitado.

Então se vestiu, colocou um sapato e um chinelo, até porque a praia estava deserta, pegou a bengala que Fazio havia levado para ele e deu um longo passeio na beira do mar.

Fazio apareceu às sete e meia.

— Licalzi está chegando.

Montalbano estava cagando para Licalzi. Seu interesse era outro.

— Falou com Cosulich?

— Sim. Estava bastante preocupada com o senhor.

Estava enganado ou havia uma leve sombra de sorriso nos lábios de Fazio?

Ou era porque tinha o rabo preso e tudo parecia dirigido contra ele?

— Por que estava preocupada?

— Porque o diretor da sua filial telefonou para ela e lhe contou o que Ragonese disse na televisão. Queria explicações. Ela, até aquele momento, não sabia de nada. Fingiu cair das nuvens e confirmou que o roubo tinha acontecido em sua casa de Vigata. Mas estava preocupada com as consequências que o fato podia ter para vossenhoria.

Montalbano preferiu não continuar com esse assunto, que era um tanto perigoso.

— Você disse a ela o que não se encaixava na carta anônima?

— Sim.

— E ela?

— Não soube explicar o motivo. Aliás, ficou vermelha e fez menção ao fato de que os ladrões a tinham mesmo visto acompanhada na cama...

Esse também não era um assunto agradável.

— Concluindo?

— Concluindo, ela também não sabia dizer por que, assim como nós.

Divertiam-se indo atrás de pistas que não davam em nada?

Alguém bateu à porta. Era Licalzi.

— Ficou o dia todo na cama?

— Claro.

— De fato, está quase curado.

Vê-se que o longo passeio lhe fizera bem.

— Vou fazer uma massagem no senhor agora, espalhar um pouco de creme, colocar a faixa de novo e verá que amanhã de manhã poderá ir tranquilamente ao comissariado.

Disse isso com um tom tão alegre que fazia parecer que ir ao comissariado era melhor do que ir dançar.

Licalzi massageando seu tornozelo e a área ao redor o fez pensar em Angelica, que também o havia massageado enquanto estava deitado na cama.

E foi exatamente aí que uma espécie de flash, como o das câmeras fotográficas, iluminou seu cérebro.

Quando Licalzi terminou, Montalbano lhe agradeceu de novo e, como Fazio também dava sinal de que ia embora, ele o deteve.

— Fique mais cinco minutos, por favor.

Fazio acompanhou Licalzi e voltou.

— Pode falar.

— Você tem de conversar outra vez com Cosulich o mais rápido possível.

Fazio fez uma careta.

— E por quê?

— Mostre a ela a lista feita pelos Peritore e depois lhe pergunte se algum dos homens que estão na lista a paquerou insistentemente e se ela disse não a algum deles.

Fazio fez uma cara pouco convicta.

— É só uma hipótese que me veio agora. Imagine se Cosulich rejeitou alguém da lista; ele agora a tem nas mãos e pode chantageá-la. Pode usar algo do tipo "se não for para a cama comigo, digo publicamente o que você vai realmente fazer na mansão do seu primo".

— Doutor, mas vossenhoria está, me perdoe, teimando que o Sr. Z é alguém da lista.

— Mas por que quer excluir essa possibilidade, a priori? É uma suposição que temos de levar adiante! O que perdemos com isso?

— Tudo bem, mas por que vossenhoria não faz essa tentativa? O senhor sabe lidar com as mulheres, enquanto eu...

Montalbano o interrompeu.

— Não, faça você. Obrigado por tudo e boa noite. Ah, se houver novidades dos Sciortino me ligue.

Tinha acabado de pôr a mesa na varanda para comer a salada de arroz preparada por Adelina, um prato que alimentaria três pessoas pelo menos, e o telefone tocou.

Não estava com vontade de falar com ninguém, mas depois refletiu que podia ser Livia ligando para ter notícias do estado do tornozelo e foi atender.

Quando esticou o braço para pegar o telefone, o aparelho ficou mudo.

Se fosse Livia ligaria de novo, já que sabia que ele estava imobilizado em casa.

Voltou à varanda, sentou-se, e estava levando a primeira colherada à boca quando o telefone tocou de novo.

Levantou-se, xingando todos os santos.

— Alô!

— Não desligue, por favor.

Era Angelica.

Seu coração acelerou, claro, mas não como havia imaginado.

Bom sinal de convalescência.

— Não vou desligar. Pode falar.

— Três coisas, mas rápidas. A primeira de todas é que gostaria de saber como está seu tornozelo.

— Muito melhor, obrigado. Amanhã posso voltar ao comissariado.

— Você teve grandes aborrecimentos por causa... do favor que me fez?

— O superintendente me ligou, para quem Ragonese enviou a carta anônima que ele havia recebido. Consegui convencê-lo de que no relatório eu tinha escrito a verdade. Não acho que haverá consequências para mim.

— Para mim, talvez, sim.

— Do que está falando?

— Estou falando que o diretor daqui se sentiu no dever de escrever para a direção-geral.

— E por quê?

121

— Porque diz que ficou muito incomodado com a hipótese feita pelo jornalista da televisão, isto é, de que eu possa ter mentido para você. Diz que não é uma boa propaganda para o banco e que, seja lá como isso termine, minha credibilidade como funcionária fica prejudicada.

Claro que tinha uma voz... Encantava, como o canto das sereias. Ninava a gente, nos...

Conseguiu se livrar do encanto.

— Trocando em miúdos, o que significa?

— Que talvez eu seja transferida.

— Sinto muito.

Era sincero.

— Eu também. Uma última coisa e desligo. Fazio me perguntou se alguém da lista dos Peritore me paquerou insistentemente e foi rejeitado. Sim, claro, muitos homens daquela lista fizeram isso, até de um jeito irritante algumas vezes, mas não acho que nenhum deles seja capaz de me chantagear.

— Era só uma hipótese minha.

— Eu pensei em outra.

— E qual seria?

— Sem dúvida, quem escreveu a carta anônima conhece, digamos assim, meus... hábitos. Mas não os expôs; teria me destruído. Então por que fez aquilo? Agora leve em conta que se trata de uma pessoa que eu conheço, sei lá, um cliente do banco, que quer, bem, cair nas minhas graças...

— Não entendi. Para conseguir um empréstimo?

Angelica começou a rir.

Deus do céu, essa risada!

O coração de Montalbano, que até aquele momento estava se comportando como uma locomotiva a vapor, de repente se transformou num trem elétrico de alta velocidade.

122

— *Eu* seria o empréstimo, no caso — especificou Angelica quando parou de rir.

Não era uma suposição ruim.

Mas muito genérica. Angelica precisava dizer algo mais, como indicar o nome de alguma pessoa que, mais que os outros, tinha tentado algo com ela.

— O que está fazendo? — perguntou Angelica.

— Eu estava jantando.

— Ainda não comi nada.

Só para dizer alguma coisa, perguntou:

— Onde está?

— Aqui.

— Aqui onde?

— Em Marinella.

Ficou confuso. Por que estava em Marinella?

— E o que faz aqui?

— Estou esperando você abrir para mim.

Achou que não tinha entendido bem.

— O que disse?

— Estou esperando você abrir a porta para mim.

Cambaleando, teve de se apoiar numa cadeira, como se tivesse levado uma forte pancada na cabeça.

Deixou o telefone na mesinha, foi em direção à porta e espiou pelo olho mágico.

Angelica estava lá. Segurava o celular na altura do ouvido.

Montalbano abriu a porta devagar.

E sabia, enquanto fazia isso, que não estava apenas abrindo a porta de casa, mas também a de sua desgraça pessoal, de seu inferno privado.

* * *

— Quer jantar comigo?

— Sim. Finalmente vamos conseguir jantar.

Ele colocou uma cadeira para ela ao seu lado, para que pudesse ver o mar.

— Como é bonito aqui!

Dividiu a salada com ela.

E não trocaram uma palavra até terem acabado de comer. Montalbano, porém, tinha uma curiosidade.

— Desculpe, mas... não passou pela sua cabeça que eu talvez não pudesse...

— Abrir a porta para mim?

— Sim.

— Por que talvez tivesse outra pessoa em casa com você?

— Sim.

— Mas sua noiva não viajou outro dia?

A boca de Montalbano se abriu automaticamente.

Então ele a fechou e, quando voltou a falar, só conseguiu balbuciar algumas palavras.

— Mas... mas... o que... o que você sabe sobre... a...

— Eu sei tudo sobre você. Quantos anos tem, seus hábitos, como pensa sobre certas coisas... Assim que foi embora da minha casa, depois do roubo, peguei o telefone e fui atrás das informações que precisava.

— Então quando a convidei para ir ao Enzo você sabia que sempre vou comer lá?

— Claro. E também sabia que não gosta de falar enquanto come.

— E fingiu...

— Sim, fingi.

— Mas por quê?

— Porque gostei de você — disse Angelica.

Melhor mudar de assunto.

— Escute, queria aproveitar a oportunidade...

Ela sorriu maliciosa.

— Não, na sua cama, não.

— Consegue falar sério por um momento?

— É difícil para mim porque estou feliz. Vou tentar.

— Há pouco você me falou que a carta anônima poderia ser uma maneira de tentar cair nas suas graças.

— Sim, você também não acha?

— Sim. Eu tinha pensado nessa possibilidade. Mas poderia me dar alguns nomes?

— De quem?

— De alguém que, fora do círculo dos Peritore, tenha lhe...

Ela deu de ombros.

— É difícil decidir entre tantas opções.

— Eu vou lhe pedir para superar a dificuldade e escolher.

— Bem, é muita responsabilidade.

— Ah, vamos lá!

— Mas é! Eu lhe digo um nome sem pensar com calma e o pobre coitado acaba envolvido numa...

— Não estou pedindo para você me dizer um nome sem pensar com calma.

Ela emudeceu e encarou o mar sem dizer mais nada.

Onze

— Tem um pouco de uísque? — perguntou de repente.

— Claro.

Montalbano levantou-se, foi pegar a garrafa e dois copos, voltou à varanda, serviu dois dedos para ela e quatro para si.

— Direitos iguais — protestou Angelica.

Montalbano acrescentou mais dois dedos no copo dela.

— Quer gelo?

— Prefiro puro. Como você.

Bebeu o primeiro gole.

— Não é fácil. Tenho de pensar bem.

— Certo.

— Vamos fazer assim. Amanhã à noite você vai jantar na minha casa e lhe digo os nomes.

— Tudo bem.

Terminou de beber o uísque e se levantou.

— Já vou. E obrigada. Por tudo.

O comissário acompanhou-a até a porta.

Um instante antes de sair, Angelica deu um breve beijo em seus lábios.

Sentado na varanda, Montalbano não sabia se ficava desapontado ou contente com a noite.

Desde o momento que lhe abrira a porta, sentiu esperança e ao mesmo tempo medo.

Assim, concluiu, melhor do que isso não podia ficar.

Às três e trinta da manhã, teve a impressão de ouvir o telefone tocar.

Levantou-se atordoado, topando com uma cadeira, e conseguiu erguer o telefone no escuro.

— Alô?

— Aqui é o Fazio, doutor.

— O que houve?

— Uma troca de tiros com os ladrões que foram à casa dos Sciortino. Posso passar para buscá-lo? Vou passar em frente à sua casa de qualquer maneira.

— Está bem.

Após dez minutos, estava pronto. O sapato tinha entrado perfeitamente. Também não mancava mais.

Fazio chegou cinco minutos depois. Saíram para Punta Bianca.

— Há feridos?

— Loschiavo estava de campanha; atiraram nele, mas não o acertaram. Não sei mais nada.

A casa dos Sciortino estava intensamente iluminada. A Sra. Sciortino preparava café para todos.

O casal de Roma, que se chamava De Rossi, estava bastante agitado e, em vez de café, a Sra. Sciortino preparou um chá de camomila para eles.

Montalbano e Fazio chamaram Loschiavo de lado e o levaram à beira do mar.

— Conte o que aconteceu — pediu Montalbano.

— Doutor, eu estava em cima do morrinho na viatura. De repente, vi um veículo de faróis apagados vindo da praia. Olhei o relógio, eram 2h55; saí do carro e, sem ser notado, comecei a descer. Estava um breu e eu caí duas vezes. Depois me escondi atrás de uma pedra grande.

— Quantos eram?

— Três, acho que usavam balaclava, mas estava muito escuro, como lhe disse. Em determinado momento eu os perdi de vista. A casa, entre mim e eles, estava bloqueando minha visão. Me movi e consegui chegar até a parte detrás do imóvel. Projetei a cabeça para a frente em um dos cantos para olhar. Estavam ocupados com a porta da frente. Então peguei a pistola e gritei: "Parados, polícia!" Vi um clarão e ouvi um disparo. Respondi disparando três tiros e me abriguei. Mas eles continuaram atirando sem parar, impedindo que eu colocasse a cabeça para fora de novo. Então ouvi o carro deles se afastando em grande velocidade.

— Obrigado, você foi muito preciso.

E depois para Fazio:

— Mas aonde foram os Sciortino e os outros?

— Vou ver — disse Fazio. — Quer interrogá-los?

— Não, mas não entendi por que de repente, e ao mesmo tempo, todos voltaram para a casa.

— Você agiu bem — disse Montalbano a Loschiavo, enquanto Fazio se afastava. — Quando você atirou no grupo, acha que acertou alguém?

— Logo depois fui olhar. Não há nenhuma marca de sangue no chão.

Fazio voltou e disse:

— Resolveram voltar para Vigata. Disseram que estão com medo de ficar aqui.

128

— Mas com certeza os ladrões não vêm de novo — disse o comissário. — De todo modo, sabe de uma coisa? Vamos dormir algumas horas. Você também já pode ir, Loschiavo.

— Ah, dotor, dotor! Machucou muito o tornozelo? Corre o risco de ter que usar a bengala para sempre? — perguntou Catarella preocupado.

— Não! Estou ótimo! Trouxe a bengala para devolver a Fazio.

— Meu Deus! Como estou feliz!

— Fazio está aqui?

— Telefonou para dizer que vai atrasar uns dez minutos.

Entrou em sua sala.

Tinha faltado apenas um dia, mas teve a impressão de ter estado fora um mês no mínimo.

Em cima de sua mesa, além de uns cinquenta papéis para assinar, havia seis cartas pessoais para ele.

Esticou seu braço para pegar uma.

O mesmo envelope da outra vez, a mesma grafia, só que a missiva, agora, não havia sido enviada pelo correio, mas entregue por alguém.

Pegou o telefone.

— Catarella, venha aqui.

— Às ordens, dotor.

Mas como conseguia sempre chegar no mesmo instante? Ele se desintegrava no telefone e se recompunha dentro de sua sala?

— Quem trouxe esta carta?

— Um menino, dotor. Cinco minutos antes de vossinhoria chegar.

Sistema clássico.

— O que disse?

— Disse que vossinhoria conhece quem a mandava.

Pois é. Sabia perfeitamente quem a mandara.

O Sr. Z.

— Obrigado, pode ir.

Decidiu abrir o envelope.

CARO MONTALBANO,

O SENHOR, COISA DA QUAL EU NÃO DUVIDAVA, DEMONSTROU SER MUITO INTELIGENTE.

MAS TAMBÉM FOI AJUDADO PELA SORTE OU POR ALGUM OUTRO FATOR QUE AINDA NÃO CONSEGUI IDENTIFICAR.

DE QUALQUER FORMA, A PRESENTE É PARA CONFIRMAR QUE HAVERÁ UM QUARTO E ÚLTIMO ROUBO. ATÉ O FIM DESTA SEMANA.

E SAIRÁ À PERFEIÇÃO.

SE NÃO CHEGOU A ESSA CONCLUSÃO SOZINHO, LHE REVELO QUE A TENTATIVA DE ROUBO DESTA NOITE TINHA UM OBJETIVO.

O DE SABER SE O SENHOR TINHA ENTENDIDO.

E, COMO PREPAROU UMA BOA DEFESA, SEREI OBRIGADO A MUDAR DE TÁTICA.

DE TODO MODO, MARCO UM PONTO A SEU FAVOR.

MUITO CORDIALMENTE.

— O que acha?

Fazio colocou a carta anônima na mesa. Tinha uma expressão um pouco enojada.

— Acho que o Sr. Z quis reforçar que organizou o roubo só para descobrir se vossenhoria tinha entendido seus movimentos. É um arrogante, o senhor estava certo.

— Mas não consigo entender a segunda frase — disse Montalbano. — O que ele quis dizer quando disse que fomos ajudados por um "fator que não conseguiu identificar"?

— Sei lá.

— Há outras coisas que também não fazem sentido para mim.

— Na carta?

— Não, no comportamento do Sr. Z.

— E o que seria?

— Não está claro para mim, talvez falando com você consigo esclarecer.

— Então fale.

— Tem a ver com a tentativa de roubo da noite passada na casa dos Sciortino. Lojacono, Peritore, Cosulich e Sciortino são todos amigos, fazem parte do mesmo círculo de conhecidos, e todos estão na famosa lista. Disso você não pode discordar.

— E, de fato, não discordo. Mas quero apenas lembrá-lo que os Sciortino não avisaram os amigos que foram passar alguns dias em Punta Bianca.

— E é aí que preciso de você! E se por acaso Sciortino ou sua mulher comentaram alguma coisa sobre o meu telefonema com os amigos? No qual eu perguntava se tinham dito que iam para Punta Bianca?

— Não estou captando a...

— Me deixe terminar! Assim que o Sr. Z fica sabendo do nosso telefonema, organiza o roubo!

— Mas ele é o quê? Idiota? Deveria ter entendido, justamente pelo nosso telefonema, que a casa estava sendo vigiada!

— Exato!

— Doutor, se não se explicar...

— É uma oportunidade magnífica para ele! Assim parece que ele não faz parte do grupo de amigos dos Peritore. Ele fingiu não saber que a casa estava sendo vigiada! Trata-se de outra tentativa de nos despistar, compreende? Porque, se eu caísse nessa, começaria a procurar o chefe da gangue fora daquela maldita lista!

— Doutor, quando vossenhoria põe uma coisa na cabeça... *Zara zabara,** o senhor sempre afirmou que o Sr. Z é alguém da lista! Sabe o que vou fazer? Vou ligar para Sciortino e pedir para me dizer se contou para algum de seus amigos sobre o nosso telefonema.

— Vai cometer um erro se fizer isso! Ao contrário, devemos deixar que acredite que conseguiu nos enganar!

— Como o senhor quiser.

Então Fazio disse:

— Pensei numa coisa.

— Diga.

— Neste momento, tenho sete homens em dois carros à disposição. Os apartamentos que restam a ser roubados, considerando os nomes da lista, são quatorze. Mas ficam todos relativamente próximos. Talvez consiga mandar vigiar todos eles até sábado à noite.

— Com dois carros?

— Dois carros e cinco bicicletas, como os vigias noturnos.

— Está bem, tente.

Montalbano fez uma pausa. Agora tinha de encarar um assunto desagradável.

— Devo lhe dizer mais uma coisa.

— Estou ouvindo.

— Cosulich me ligou ontem à noite.

Não gostava de contar mentiras para Fazio, mas também não tinha coragem de lhe dizer a verdade.

— O que queria?

— Ela me disse que pensou melhor no que tinha dito a você. E formulou uma hipótese. Que o Sr. Z não revelou que ela

---

* Expressão em dialeto siciliano que equivale ao latim *Mutatis mutandis,* que significa "mudando o que deve ser mudado". (N. da T.)

usa a mansão como o cantinho do abate dela porque pretende chantageá-la no futuro.

Fazio pensou naquilo.

— Não é uma hipótese que devemos descartar. Porém, se a considerarmos, o senhor estará se contradizendo.

— Sei o que está querendo dizer. Como Cosulich descartou os nomes masculinos da lista, obrigatoriamente o Sr. Z não faz parte dos amigos dos Peritore. Mas, no ponto em que estamos, não posso deixar nada de fora.

— Concordo com o senhor sobre isso. Cosulich tem suspeitas?

— Ela me falou que esta noite me dirá alguns nomes. Me convidou para jantar na casa dela.

Fazio fez uma expressão preocupada.

— O que foi?

— Não acho prudente, doutor. Desculpe lhe dizer isso.

— E por quê?

— Doutor, aquele jornalista babaca já deu a entender na televisão que o senhor talvez esteja acobertando a mulher. Agora imagine se alguém o vê entrando à noite na casa da Cosulich!

— É verdade. Eu não tinha pensado nisso.

— Nem pode levá-la de novo num restaurante.

— O que faço então?

— Peça que ela venha ao comissariado.

— E se ela não quiser?

— Se não quiser é melhor que vá à sua casa em Marinella, tarde da noite, quando for difícil que alguém a veja.

Fazio estava sorrindo com os olhos?

Estava se divertindo, o cretino?

— Vou pedir que venha aqui — disse Montalbano decidido.

— É a melhor coisa — disse Fazio, levantando-se.

* * *

Estava com a mão no telefone para ligar para Angelica, mas se deteve.

A central telefônica do banco atenderia. E ele teria de dizer que era o comissário Montalbano.

Mas uma ligação da polícia não acabaria comprometendo ainda mais a situação de Angelica no banco, que já era delicada?

Então como fazer para entrar em contato com ela?

Teve uma ideia.

Chamou Catarella.

— Às ordens, dotor.

— Catarè, sabe se alguém aqui dentro é cliente do banco siciliano-americano?

— Sim, dotor. O agente Arturo Ronsisvalle. Uma vez o acompanhei porque um cheque...

— Peça que venha aqui.

Enquanto o esperava, pegou um papel e escreveu:

Por favor, me ligue no comissariado assim que puder. Obrigado. Montalbano.

Assim, se por acaso os colegas de Angelica o vissem, não teriam nenhum motivo para censurá-la. Colocou o papel dentro de um envelope não personalizado.

— Diga, doutor.

— Escute, Ronsisvalle, você conhece a Srta. Cosulich?

— Claro. Sou cliente do...

— Eu sei. Tem de ir ao banco e lhe entregar discretamente este bilhete.

— Vou dizer como desculpa que preciso ver o extrato da conta.

— Obrigado.

* * *

Meia hora depois, recebeu a ligação de Angelica.

— O que está acontecendo?

— Pode falar?

— Sim.

— Cheguei à conclusão de que não é prudente que eu vá jantar na sua casa. Poderiam me ver.

— Quem se importa?

— Na verdade, você deveria se importar. Pense bem. Além de outros fatores, os Peritore moram na mesma rua que você. Se alguém ficar sabendo, os boatos de que entre nós dois houve um acordo tomariam mais consistência e seria muito difícil desmenti-los.

Ela suspirou. Pouco depois disse:

— Talvez você tenha razão. Mas então como fazemos?

— Você poderia vir ao comissariado.

— Não.

Resposta curta e grossa.

— Por quê?

— Pela mesma razão que você não quer vir à minha casa.

— O que uma coisa tem a ver com a outra? Eu posso tê-la convocado para saber mais detalhes do roubo.

— Não. Sinto no fundo que seria um erro.

— Então poderia ir à minha casa em Marinella.

— É um convite que me deixa animada. Mas, desculpe, não dá no mesmo se alguém me vir indo à sua casa?

— Antes de qualquer coisa, minha casa é isolada e não há outros inquilinos. E, além do mais, se for por volta das dez da noite, ou um pouco mais tarde, garanto que não vai encontrar ninguém.

— Eu tenho outra proposta para você — disse Angelica.

— Qual?

E ela lhe contou.

Mas não dava para contar a Fazio sobre essa outra proposta.

Pegou a lista e pela enésima vez começou a lê-la.

1. I. P. Leone Camera e esposa.

O que significava a sigla I. P.? Talvez investigador particular?

2. Dr. Giovanni Sciortino e esposa.

Esse era o casal da tentativa de roubo.

3. Dr. Gerlando Filippone e esposa.

A saber mais.

4. Adv. Emilio Lojacono e esposa.

O advogado era quem tinha sofrido o primeiro roubo enquanto estava com a amante Ersilia Vaccaro.

5. Eng. Giancarlo De Martino.

Era aquele condenado por ser cúmplice de um bando armado.

6. Contador Matteo Schirò.

Solteiro? A saber mais.

7. Contador Mariano Schiavo e esposa.

A saber mais.

8. Contador Mario Tavella e consorte.

Era aquele coberto de dívidas de jogo.

9. Dr. Antonino Pirrera e esposa.

A saber mais.

10. Adv. Stefano Pintacuda e esposa.

Tinha uma casa de veraneio. A saber mais.

11. Dr. Ettore Schisa.

Solteiro? A saber mais.

12. Agrimensor Antonio Martorana e esposa.

A mulher do agrimensor seria a amante do engenheiro De Martino. A saber mais.

13. Agrimensor Giorgio Maniace.

Fazio lhe dissera que era viúvo. E só tinha esse mérito? E o que fazia na vida? Tinha uma casa de veraneio. E o que mais? A saber.

14. Dra. Angelica Cosulich.

Essa ele conhecia bem até demais.

15. Francesco Costa.

Devia ser o mais ignorante de todos, já que não tinha formação acadêmica. A saber mais.

16. Agata Cannavò.

A viúva. A fofoqueira. A que acreditava saber tudo de todos.

17. Dra. Ersilia Vaccaro (e consorte).

Ela era a amante do advogado Lojacono e tudo bem. Mas por que a indicação do marido estava entre parênteses?

18. Adv. Gaspare Di Mare e esposa.

A saber mais.

Concluindo, não importa o que achava Fazio, tinham sido levianos em relação a essa lista. Havia muitas pessoas sobre as quais não se sabia nada.

Era quase certo que Angelica saberia lhe dizer algo sobre eles.

Dobrou a lista e a pôs no bolso.

Doze

Chegou a hora de ir comer.

Saiu de sua sala e, ao passar por Catarella, reparou que estava tão ocupado no computador que nem o notou.

— O que está fazendo?

Catarella por pouco não caiu da cadeira. Deu um pulo e se pôs de pé, a cara vermelha como a de um peru.

— Como não tem movimento no telefone, eu estava passando o tempo jogando.

— No computador?

— Sim, dotor.

— E qual é o jogo?

— É um jogo que para jogar tem que se jogar em dupla.

— Mas você não está formando uma dupla com outra pessoa.

— É verdade, mas o cumputador não entende que estou sozinho.

E isso também era verdade.

— Me fale do que se trata.

— Dotor, é exatamente igual ao contrário daquele jogo que você tem que ferrar seu companheiro.

— Explique-se melhor.

— Dotor, a consistência deste jogo consiste em prejudicar o máximo possível a dupla adversária, ou seja, a inimiga, evitando que o próprio companheiro seja posto em grave perigo.

— E como você está indo?

— Neste momento eu estou em grave perigo, mas meu companheiro, que, no caso, sou eu mesmo, está vindo me dar uma mão.

— Boa sorte.

— Obrigado, dotor.

— Escute, Enzo.

— Diga.

— Esta noite, por volta das sete horas, aquela moça que comeu aqui comigo outro dia, lembra?...

— E como posso esquecer?

— ... vai trazer um pacotinho para mim. Venho buscá-lo por volta das oito horas.

— Está bem. O que trago para o senhor?

— Tudo.

Não queria admitir para si mesmo, mas estava contente.

Mais tarde, sentado na pedra achatada, seu humor mudou.

Era como um crocodilo que lacrimeja quando está devorando sua caça.

Amargamente disse a si mesmo que avançava muito devagar, ficando para trás na investigação que tinha nas mãos.

Estava fazendo tudo segundo a lógica.

Mas lhe faltava o estalo, aquele sexto sentido que em outros momentos o levara diretamente à solução.

Era a velhice?

Tinha a impressão de estar com o cérebro enferrujado, como uma máquina que fica tempo demais sem ser usada.

Ou era a incômoda e contínua presença de Angelica em sua cabeça que lhe impedia a arrancada para a frente?

Estava dividido.

Uma parte de Montalbano lhe dizia para dar um jeito de não a ver mais.

Mas a outra parte só conseguia pensar no momento em que a teria por perto.

— Como saio disso? — perguntou a um caranguejo que avançava com mais dificuldade do que ele durante a subida na pedra.

Não obteve resposta.

— Telefonou para a Srta. Cosulich? — perguntou Fazio, entrando.

— Sim, não quer vir ao comissariado.

— E o que vai fazer então?

— Disse que me liga esta noite em Marinella.

Mãe do céu, em que emaranhado de mentiras havia se metido!

— Doutor, tive uma ideia.

— Diga.

— Já que vai falar com Cosulich esta noite, por que não lhe pede alguma informação, do tipo "babado", como se diz hoje em dia, sobre os amigos dela?

— Os da lista dos Peritore?

— Sim.

— Está comprando a minha ideia, então?

— Estou fazendo o que vossenhoria me disse, não vou descartar nenhuma possibilidade.

— Então olhe.

Tirou a lista do bolso e a mostrou a Fazio.

— Eu já tinha pensado nisso. Há quatro nomes que me interessam em especial.

— E quais seriam?

— Schirò, Schisa, Maniace e Costa.

— E por quê?

— Porque são ou solteiros, ou viúvos.

Fazio estava confuso.

— Uma esposa — explicou o comissário —, para um sujeito que resolve ser o chefe de uma gangue, representa um problema.

— Mas poderia ser cúmplice.

— Certo. Mas, se enquanto isso conseguirmos saber alguma coisa a mais sobre esses quatro, teremos dado um passo adiante.

— Se o senhor quiser, também posso tentar.

— Claro que quero!

Estava contente por Fazio não se mostrar mais resistente à lista.

Por volta das oito, passou no Enzo e pegou o pacotinho.

Depois foi para Marinella, colocou o embrulho em cima da mesa e foi abrir a geladeira para ver o que Adelina tinha preparado para ele.

Sartù de arroz, sardinhas fritas e um prato de camarõezinhos muito jovens a serem comidos temperados com sal, azeite e limão.

Arrumou a mesa na varanda e começou a comer devagar, alternando uma garfada com uma tragada de ar marinho.

Acabou às dez e meia.

Tirou a mesa e telefonou para Livia.

— Liguei porque estou saindo. Acho que vou voltar tarde.

— A tocaia de sempre?

Não gostou do tom que Livia usou para fazer a pergunta.

— Vou passar a noite toda acordado e você está bancando a irônica comigo?

— Desculpe, não estava sendo irônica, não tive a menor intenção.

Então era ele que, estando com a consciência pesada, se enganava sobre tudo?

Sentiu-se uma espécie de verme; não apenas contava mentiras para Livia, mas lhe atribuía intenções que ela não tinha.

Não estava gostando nem um pouco de si mesmo, o Sr. comissário Montalbano.

Quando desligou o telefone, abriu o pacotinho.

Dentro havia duas chaves, uma grande e uma pequena.

Colocou-as no bolso, pôs o paletó e saiu de casa.

Ao chegar ao bairro de luxo que, com apenas a luz do luar, se parecia mais com um pesadelo de quem comeu demais do que com uma área residencial, pegou a via Costantino Nigra, paralela que corria atrás dos prédios da via Cavour.

Assim que chegou à altura do edifício em forma de casquinha de sorvete, parou e estacionou.

Mas antes de sair esperou cinco minutos.

Então, ao ver e considerar que não passava vivalma e que não havia luz nas janelas, saiu às pressas do carro, fechou-o, atravessou a rua e se viu diante do portão de serviço.

Abriu-o com três voltas da chavinha, entrou, depois trancou o portão de novo.

Estava numa espécie de grande quarto iluminado por luzes neon, abarrotado de bicicletas e scooters.

À esquerda, havia uma escada para os andares de cima; exatamente em frente, ficava uma porta de elevador. Abriu-a, entrou e apertou o botão do último andar. Era lento, mais um monta-cargas que um elevador.

E, enquanto ascendia em direção ao seu paraíso terrestre, a habitual serpente, que sempre estava nas redondezas, sussurrou em seu ouvido:

— Claro que não é o único que conhece este caminho secreto! Sabe-se lá quantos já o frequentaram!

Mas a tentativa da serpente foi em vão. Não fazia nada além de lhe revelar coisas que podia imaginar por si só, conhecendo os hábitos de Angelica.

O elevador parou, tinha chegado. A porta se abriu e Montalbano saiu.

Estava com a respiração pesada e ofegante, como se houvesse subido os seis andares a pé.

Antes de tocar a campainha, resolveu se acalmar um pouco.

Quando seu fôlego voltou ao normal, esticou o dedo para apertar o botão.

E nesse exato momento uma parte de Montalbano lhe disse: "Está fazendo uma burrada fenomenal!"

Não soube como, mas se viu de novo dentro do elevador, decidido a desistir do paraíso.

E foi então que ouviu Angelica dizer:

— O que está fazendo dentro do elevador?

A porta se abriu novamente e a essa altura seu destino já estava selado.

— Meu isqueiro caiu.

Ela sorriu para ele. E ele, completamente desnorteado por aquele sorriso, deixou que ela pegasse sua mão e o levasse para dentro.

O apartamento nave espacial estava perfeitamente arrumado, parecia que os ladrões nunca tinham entrado nele.

— Mas o que roubaram? — A pergunta lhe escapou.

— Não viu a lista?

— Não.

— Bem, um patrimônio de joias e casacos de pele.

— Onde guardava?

— As joias? Dentro de um pequeno cofre que fica no meu escritório, escondido atrás de um quadro. Sabe, gasto todo o meu dinheiro em joias. Herdei muitas da minha mãe também, é por causa dela que tenho essa paixão. Já os casacos de pele estavam no armário.

— Não seria melhor ter guardado tudo no banco?

— Sim, mas eu achei que não seria uma boa ideia. Só aumentaria os boatos a meu respeito. Mas você veio aqui para me interrogar?

— Não. Vim para saber...

— Venha, vamos para a varanda.

— E se nos virem?

— Não podem nos ver. Confie em mim.

Seguiu-a.

A varanda era enorme, como tinha imaginado. Mas o que o impressionou foi a grande quantidade de plantas, de flores e de rosas.

Vê que por perto, entre sarçais em flor,
Céspede forma a rubescente rosa...

Deus do céu! Lá vinha Ariosto de novo!

Mas não podia fazer nada, a Angelica que estava ao seu lado lembrava demais a de sua memória de menino.

Parecia estar dentro do jardim do Éden. O perfume dos jasmins o atordoava.

Angelica só acendeu uma lâmpada, que emanava uma luz fraca.

— Onde nos sentamos?

Havia apenas duas possibilidades.

Uma espécie de espreguiçadeira baixa, larga o suficiente para acolher duas pessoas, e um balanço de três lugares.

Tanto a espreguiçadeira quanto o balanço tinham uma mesinha com garrafa de uísque, copos e cinzeiros ao lado.

— Vamos para o balanço — disse Montalbano prudentemente.

Era confortável, todo coberto por almofadas. Como ficava muito colado na parede do prédio, não era visível pelos vizinhos.

— Uísque?

— Sim.

Angelica encheu meio copo e lhe deu. Pegou meio copo para ela também. Depois foi apagar a lâmpada.

— Atrai os mosquitos.

Sentou-se ao lado de Montalbano.

— É você que cuida das plantas?

— Mesmo se eu quisesse, não teria tempo. Um jardineiro vem às seis da manhã, duas vezes por semana. É um pouco caro, mas eu amo demais minhas flores, minhas rosas.

O silêncio se instaurou.

Aos poucos, a vista de Montalbano se acostumou com o escuro.

Via o perfil de Angelica, que parecia desenhado por um mestre de obras finas, e seus cabelos compridos que se moviam levemente, balançando, quase mexidos a intervalos por um ventinho tenro como uma carícia.

Como era linda!

Todo o seu ser a desejava, mas sua razão ainda resistia.

Agora os dois corpos, por causa do balanço, estavam próximos.

Mas nenhum dos dois dava sinais de se afastar.

Pelo contrário. Sem dar na vista, grudavam mais ainda um no outro.

Montalbano aproveitava o calor dela contra seu corpo.

Então Angelica fez um movimento em direção a ele e o comissário sentiu a doçura do seio que se apoiava no braço dele.

Queria poder ficar assim a noite inteira.

E que céu!

As estrelas pareciam estar bem próximas e um pontinho luminoso, talvez um balão meteorológico, navegava devagar em direção ao leste.

Mãe do céu, aquele cheiro de jasmim!

Deixava-o tonto!

E o movimento para a frente e para trás do balanço que o ninava, o enfeitiçava, relaxava seus músculos e nervos...

Para colocar mais lenha na fogueira, Angelica começou a cantarolar, de forma reticente, uma melodia que se parecia com uma canção de ninar...

Fechou os olhos.

De repente sentiu os lábios de Angelica nos seus, com força, com paixão.

Não foi capaz de resistir.

Olhou o relógio. Eram quatro e meia da manhã. Saiu da cama.

— Já vai embora?

— Daqui a pouco amanhece.

Foi ao banheiro para se vestir, tinha vergonha de ser visto por ela.

Quando estava pronto, Angelica, de penhoar, agarrou-se ao seu pescoço e o beijou.

— Nos vemos de novo amanhã?

— Nos falamos por telefone.

Ela o acompanhou até o elevador, beijou-o outra vez.

Chegou a Marinella às cinco. Sentou-se na varanda.

Tinha ido à casa de Angelica para saber os nomes de seus cortejadores mais obstinados, mas acabou voltando de mãos vazias.

Não, devia ser honesto com si mesmo.

Tinha ido porque no fundo tinha a esperança de que acontecesse o que havia acontecido.

No fim das contas, porém, tinha entendido uma coisa importante.

Que a Angelica que havia feito amor com ele era uma mulher como as outras, embora certamente muito mais bonita.

O que estava esperando?

Uma coisa no nível de um poema de cavalaria?

Son et lumière?

Música de violinos ao fundo, como no cinema?

Em vez disso, havia sido algo quase banal, nada de extraordinário, algo um pouco decepcionante.

Pensando bem, tratara-se de uma espécie de permuta de corpos.

Ela desejava o seu; ele, o dela.

Resolveram o problema e boa noite.

Mais amigos do que antes.

> *Volve Orlando ao que fora no passado,*
> *Discreto, mais do que antes, e viril;*
> *Vê-se também do amor desvencilhado:*
> *Quem se lhe afigurou bela e gentil,*
> *A dama a quem havia tanto amado,*
> *Em sua estimação agora é vil.*

Ao tirar a roupa para ir se deitar, percebeu que não tinha devolvido as chaves para Angelica.

Colocou-as em cima da mesa.

Mas soube que nunca mais as usaria.

Esperava dormir umas três horas, mas não conseguiu pegar no sono.

Quando fechava os olhos, começava a sentir uma espécie de mal-estar que certamente tinha a ver com o que havia acontecido entre ele e Angelica.

Por mais que repetisse a si mesmo que aquela mulher já havia saído definitivamente do seu coração; o fato inegável, no entanto, era que havia estado em seu coração — e como!

E os fatos têm um peso, não se apagam com facilidade, não são como palavras que o vento leva embora...

Como isso havia acontecido? Não podia nem usar como desculpa a ausência de Livia. Até o dia anterior, Livia esteve com ele, mas assim que deu as costas ele não perdeu tempo para ser tomado pelo ardor por outra mulher.

Por anos e anos em sua vida, só existira Livia. Então, quando chegou a certa idade, não soube mais ficar indiferente diante das oportunidades. Desejo de juventude? Medo da velhice? Já tinha dito tudo isso a si mesmo, era inútil começar a repetir a ladainha de sempre, mas sentia não haver motivos suficientes.

Talvez se falasse com alguém... Mas com quem?

Depois, através das névoas da vigília nas quais tinha mergulhado por volta das sete e meia da noite, ouviu o toque insistente do telefone.

Saiu da cama, caminhou de olhos fechados até o aparelho e apanhou o telefone.

— Alô? — disse com uma voz de morto-vivo.

— É Angelica. Acordei você?

Não sentiu nenhuma emoção ao ouvir sua voz.

— Não.

— Ora, mas se está rouco como...

— Estava fazendo gargarejos.

— Escute, por acaso você disse a Fazio que nos veríamos?

— Não, eu disse a ele que você me ligaria.

— Sou generosa. Vou poupar você de um papelão. Tem papel e caneta à mão?

— Sim.

— Então escreva. Michele Pennino, via De Gasperi 38. Quarentão. Solteiro. É um cliente do banco, riquíssimo, não sei o que faz. Ficou de cabeça virada por mim, literalmente. Quando se deu conta de que meu não era um não de verdade, encerrou as contas com o banco e foi dizer ao diretor que fez isso porque eu sempre o tratei mal. Anotou?

— Sim, continue.

— O outro se chama Eugenio Parisi, via del Gambero 21. Casado, dois filhos, cinquentão. Eu o conheci numa festa. Nem queira saber, foi buquês de rosas todas as manhãs, doces, e até um colar que devolvi. Ele se vingou mandando uma carta anônima ao meu noivo, de quem descobriu, não sei como, o endereço. A carta dizia que eu era praticamente uma puta.

— Mas como pode ter certeza de que foi ele que...

— Por causa de alguns detalhes que demoraria muito para explicar.

Montalbano teve um estalo.

— Você ainda tem essa carta?

— Não, imagina. Bom, isso é tudo. Escute, você vem hoje à noite...

Montalbano fechou os olhos e tomou coragem.

— Ah, queria dizer que pode passar mais tarde no Enzo para pegar a caixinha com as chaves.

Assim que falou, se arrependeu.

Mas mordeu a língua e manteve a postura.

Ela ficou um pouco em silêncio e depois disse:

— Tudo bem, tchau.

— Tchau.

Desligou e deu um grito exatamente igual ao do Tarzan na selva.

Tinha se livrado.

Treze

Mal teve tempo de voltar ao quarto e o telefone tocou outra vez.

— Alô?

— Bom dia.

Era Livia.

— Liguei antes, mas seu telefone estava ocupado. Com quem estava falando?

Uma ideia corajosa passou por sua cabeça.

Por que não contar tudo a ela?

Claro, Livia inicialmente ficaria ressentida, mas depois, quando a raiva passasse, era provável que soubesse como ajudá-lo...

Era a única no mundo que o entendia como nem ele conseguia se entender.

A sensação era de estar todo suado.

— E aí, o que deu em você? Com quem estava falando?

Respirou fundo.

— Com uma mulher.

Pronto, tinha conseguido.

— E o que ela queria?

— Pode me esperar um momento?

— Claro.

Correu até a cozinha, bebeu um copo de água, foi ao banheiro às pressas, lavou o rosto e voltou ao telefone.

— O que essa mulher queria com você?

Vai, Montalbano! Coragem, manda ver!

— Como passamos a noite juntos...

— Do que está falando?

— Como assim, do que estou falando? Fomos para a cama.

Houve uma pausa.

— Então você mentiu para mim quando disse que iria ficar de tocaia?

— Sim.

Outra terrível pausa.

Montalbano, sem voltar atrás, esperava o estouro do grande dilúvio.

Em vez disso, ouviu a risada divertida dela. Estava tão transtornada com a confissão que tinha perdido a razão?

— Livia, por favor, não faça assim! Não ria!

— Não caio nessa, meu querido!

Espantou-se, arrasado. Não estava acreditando nele!

— Não sei por que está tentando me deixar com ciúmes, mas não vou cair nessa. Imagina se você ia admitir que dormiu com outra mulher! Você iria preferir que eu tirasse seu couro do que fazer isso! Queria fazer uma brincadeira comigo? Não deu certo.

— Livia, escute, eu...

— Sabe de uma coisa? Pra mim já deu!

E desligou.

Montalbano permaneceu confuso com o telefone na mão.

Foi se deitar de novo, sem nenhuma energia.

Ficou com os olhos fechados sem pensar em nada.

Uma meia hora depois ouviu a porta de casa se abrir.

— Adelì, é você?

— Sim, doutor.

— Faça uma xícara de café forte para mim.

Chegou ao comissariado quase às dez da manhã.

— Mande Fazio vir aqui — disse a Catarella.

— Agora mesmo, dotor.

Fazio entrou segurando uma pilha de papéis, que deixou em cima da mesa.

— Tudo para ser assinado. Nenhuma novidade esta noite.

— Melhor assim.

Fazio sentou-se.

— Doutor, ontem vossenhoria me disse quatro nomes sobre os quais precisávamos ter mais informações.

— E aí?

— No pouco tempo que tive, só consegui perguntar na cidade sobre o Maniace. Vou começar a cuidar dos outros hoje.

— O que me diz sobre o Maniace?

— Posso pegar o papelzinho que trouxe no bolso?

— Sim, mas desde que não me dê nenhum dado pessoal.

Fazio sofria daquilo que Montalbano chamava de vício em dados pessoais. De cada pessoa à qual pedia informação, Fazio fazia com que lhe dissesse uma montanha de detalhes inúteis, como nome do pai, nome da mãe, lugar e hora do nascimento, casas onde morou, nome e idade dos eventuais filhos, parentes próximos, parentes distantes... Uma verdadeira obsessão.

Fazio deu uma olhada no papelzinho, colocou-o de volta no bolso e começou:

— O agrimensor Giorgio Maniace tem quarenta e cinco anos e é, como já havia me dito, viúvo. É presidente da Associação de Homens Católicos da cidade.

— Isso não significa nada. Tirando os imigrantes, cem por cento dos delinquentes nacionais que mandamos para a prisão são católicos e querem bem ao papa.

— Concordo, mas esse me parece um caso peculiar. Maniace vem de família rica. E até os trinta e cinco anos curtia a vida, com sua esposa, que dizem que era uma mulher bonita. Até que sofreu um acidente.

— Que acidente?

— Tinha um carro esportivo veloz. Estava com sua mulher. Iam para Palermo. Nos arredores de Misilmeri, uma menina de cinco anos entrou na frente do carro. Ela morreu na mesma hora. Atordoado, ele não teve reação, virou uma estátua. O carro continuou a correr, saiu da estrada e caiu de um despenhadeiro. Ele quebrou três costelas e o braço esquerdo, mas a esposa dele morreu depois de quatro dias no hospital. Desde então, sua vida mudou.

— Foi condenado?

— Sim, mas coisa pouca. Havia testemunhas que disseram que mesmo se andasse a vinte por hora a menina acabaria debaixo das rodas de qualquer jeito.

— E em que sentido a vida dele mudou?

— Vendeu quase tudo que tinha e começou a fazer obras de caridade. Ficou só com uma casinha de campo e a daqui. É um homem verdadeiramente devoto.

— Concluindo, você perdeu tempo.

— Não, senhor, não é tempo perdido se assim pudemos eliminar um dos quatro nomes, doutor.

Olhou para a ponta dos sapatos e perguntou:

— Cosulich telefonou ontem à noite?

— Sim. Me deu dois nomes.

Agora foi ele quem pegou uma folha do bolso e deu a Fazio.

— Pennino, para se vingar da rejeição de Cosulich, encerrou as contas no banco siciliano-americano e a acusou ao diretor de tê-lo tratado mal.

— Eu conheço esse Pennino — disse Fazio.

— E como ele é?

— Acho que é capaz de qualquer coisa.

— Já Parisi é um sujeito que manda cartas anônimas.

Fazio ficou interessado.

— Se Cosulich pudesse nos dar uma...

— Quer compará-la com as que o Sr. Z me mandou?

— Sim.

— Sinto desapontá-lo. Cosulich tinha uma, mas jogou fora. Escute, não quero sobrecarregar você com trabalho demais. Eu cuido de Pennino e de Parisi.

Escreveu num papelzinho os nomes e os endereços de Pennino e de Parisi e chamou Catarella.

— Mande um fax à superintendência, ao gabinete interno. Quero saber se houve investigação sobre esses dois homens, se tem algo em curso ou se pretendem abrir alguma.

— Agora mesmo, dotor.

Ficou uma hora assinando papéis, depois massageou o braço e foi comer.

— Enzo, devolva este pacote à senhorita que vai passar aqui hoje à noite, por favor?

Ele não se arriscou a fazer comentários.

Depois do ato decisivo, Montalbano subitamente sentiu um apetite de leão.

Até Enzo ficou um pouco impressionado.

— Que boa saúde, doutor.

Dessa vez ele fez o passeio pelo cais a passos rápidos, quase correndo, nada parecido com sua costumeira caminhada. E ao chegar embaixo do farol considerou insuficiente.

Por isso se virou e refez o caminho.

Finalmente, ofegante, sentou-se na pedra achatada e acendeu um cigarro.

— Consegui — comunicou ao caranguejo que estava parado em meio ao musgo e o observava da maneira questionadora.

— Ah, dotor! Agorinha mesmo ligou um dotor igual a vossinhoria do comissariado de Montelusa!

— Como disse que se chamava?

— Espere que anotei num papelzinho.

Pegou-o, olhou-o.

— Se chama Pisquanelli.

— Pasquarelli, Catarè.

Era do narcóticos.

— E o que foi que eu disse?

Melhor deixar para lá.

— O que queria?

— Disse para vossinhoria ir vê-lo, continuo falando do mesmo mencionado de antes, e o mais rápido possivelmente possível seria muito melhor para ele.

— Para ele Pasquarelli?

— Não, dotor, para vossinhoria.

Não tinha nada de urgente para fazer. Melhor passar o tempo com essa ida até Montelusa do que assinar papéis.

— Vou agora mesmo.

Entrou no carro e partiu.

* * *

Pasquarelli era um sujeito que sabia fazer bem seu trabalho e, por isso, Montalbano tinha simpatia por ele.

— Por que o interesse em Michele Pennino? — perguntou-lhe Pasquarelli assim que o viu.

— E por que está interessado no meu interesse por Pennino?

Pasquarelli riu.

— Está bem, Salvo. Eu começo. Mas vou logo avisando que conversei com o senhor superintendente sobre o assunto e ele me deu prioridade.

— Prioridade sobre o quê?

— Sobre Pennino.

— Então é inútil eu ficar aqui perdendo tempo.

— Ora, Salvo, nós estimamos um ao outro e, portanto, não vem ao caso entrar em guerra. Por que o interesse nele?

— Existe a chance de ele liderar uma gangue em Vigata...

— Ouvi falar. Mas não é possível que seja ele.

— Por quê?

— Porque há mais de um mês e meio nós o mantemos sob rígida e extrema vigilância.

— Drogas?

— Temos quase certeza de que ele tenha assumido o posto de Savino Imperatore, o maior importador da província, depois de sua morte. Posso lhe garantir, Salvo. Cem por cento de certeza. Pennino não é o homem que você procura.

— Obrigado — disse o comissário.

E foi embora.

— Ah dotor! Ah dotor dotor!

Era o pungente lamento típico de Catarella quando o senhor superintendente ligava.

— O que queria?

— Ele, quero dizer o mencionado senhor e subrintendente, disse que deseja vê-lo imediatissimamente de imediato de urgentíssima urgência sem nem um minuto de demora!

Mas tinha acabado de voltar de Montelusa!

Voltou ao carro, praguejando.

Teve de esperar quarenta e cinco minutos na antessala antes que o superintendente o recebesse.

— Acomode-se.

Montalbano ficou confuso.

Era para se sentar? O que estava acontecendo? O fim do mundo?

Então ouviu baterem de leve à porta.

— Entre — disse o superintendente.

A porta se abriu e apareceu o vice-superintendente Ermanno Macannuco.

Com quase dois metros de altura, soberbo e antipático, portava a cabeça como os padres portam o Sacramento nas procissões.

Trabalhava em Montelusa havia apenas quatro meses, mas para Montalbano já tinham sido mais que suficientes para entender que era um cretino de carteirinha.

O superintendente mandou que se sentasse.

Macannuco não cumprimentou Montalbano e o comissário também fingiu que não o viu.

— Pode falar — disse Bonetti-Alderighi.

Macannuco falou, mas sempre olhando para o senhor superintendente, nunca para Montalbano.

— Chamei a atenção porque a eventual investigação do comissariado de Vigata deve ser interrompida, já que causa interferência.

— Que interferência? — perguntou Montalbano ao superintendente.

Que não respondeu, mas olhou Macannuco. Que disse:

— Em uma investigação pregressa.

Então Montalbano decidiu se divertir. Fez uma cara extremamente confusa.

— O que significa investigação promessa?

— Ele não disse promessa, disse pregressa — esclareceu o superintendente.

— Desculpem-me, mas, de acordo com o dicionário, pregressa se diz de uma coisa que já aconteceu no passado. Agora, se a investigação sobre Parisi já foi feita no passado pelo Dr. Macannuso, não vejo como uma nova investigação feita por mim possa...

— Montalbano, pelo amor de Deus, não vamos começar com filologia! — pediu o superintendente.

— Usei pregressa no sentido de precedente — especificou Macannuco, com desdém.

— Mas até agora eu não tinha feito nenhuma investigação sobre Parisi! — protestou o comissário.

— Nós é que estamos fazendo! — exclamou Macannuco.

— Por qual motivo?

— Pietro Parisi é certamente um pedófilo que lidera uma rede difundida em toda a Itália.

— Mas seu nome pregresso era Eugenio? — perguntou Montalbano, fazendo uma cara de anjo.

— Mas que bobagem é essa? — perguntou Macannuco, dessa vez também irritado, ao superintendente. — Meu interrogado se chama Pietro.

— E o meu Eugenio.

— Não é possível! — disse Macannuco.

158

— Juro por tudo que é mais sagrado! — disse Montalbano, pondo-se de pé e estendendo o braço direito como no juramento de Pontida.

— Não é melhor dar uma verificadinha? — sugeriu de modo paternal o superintendente a Macannuco.

O vice-superintendente enfiou a mão no bolso, tirou uma folha, desdobrou-a, leu-a, ficou pálido, levantou-se e fez uma reverência ao superintendente.

— Desculpe, me enganei.

E saiu andando pomposamente.

— Fizemos o senhor perder tempo — desculpou-se o superintendente.

— Pelo amor de Deus! — disse Montalbano, magnânimo. — É sempre um prazer vê-lo!

Enquanto voltava a Vigata, resolveu ir falar logo com Parisi.

Pensou em uma desculpa. Diria que Cosulich o tinha denunciado, que haviam feito a perícia na carta anônima e que sua grafia era compatível.

Resumindo, atiraria às cegas esperando acertar alguma coisa.

Lembrava-se que via del Gambero era nos arredores do porto. Acertou.

O número 21 era um prédio enorme com porteiro.

— Eugenio Parisi?

— Não está.

— O que significa "não está"?

— Significa exatamente o que eu disse.

Mas o que estava dando nos porteiros de Vigata?

— Mas mora aqui?

— Morar, morar, ele mora.

Montalbano perdeu a paciência.

— Sou o comissário Montalbano!

— E eu, o porteiro Sciabica.

— Me diga apenas em qual andar ele mora.

— No último, o oitavo.

Montalbano se encaminhou.

— O elevador está quebrado — gritou-lhe o porteiro.

Montalbano deu meia-volta na mesma hora.

— Por que me disse que ele não está?

— Porque está em Palermo, no hospital. A mulher dele também está lá.

— Há quanto tempo?

— Dois meses.

— Obrigado.

— De nada.

Mais uma vez dera com os burros na água.

Estava parando o carro no estacionamento do comissariado quando viu Catarella sair como um foguete em sua direção. Ele vinha com os braços erguidos e os sacudia, como sinal de uma grande novidade.

— Ah, dotor, dotor, dotor!

Isso significava uma coisa maior do que um telefonema do senhor superintendente.

— O que aconteceu?

— Aconteceu um rubo!

— Onde?

— Na rua que se chama Mazzini, número 41.

O mesmo bairro dos Peritore e de Cosulich!

— Quem telefonou?

— Um sujeito que disse que se chamava Pirretta.

Pirrera Antonino! O número nove da lista!

— Quando fizeram a ligação?

— Por volta das cinco e meia da tarde.

— Cadê o Fazio?

— Já está no local.

Fazio estava em frente ao portão do número 41 da via Mazzini e falava com um homem. A van da perícia também estava lá.

O arquiteto tinha projetado uma casa para duas famílias, só que no estilo dos chalés dos alpes da Bavária.

Telhado bem inclinado para evitar o acúmulo da neve que nunca, na história da humanidade, tinha caído em Vigata.

— Como fizeram? — perguntou Montalbano a Fazio.

— Esse senhor é o porteiro do edifício ao lado.

O porteiro estendeu a mão.

— Ugo Foscolo — disse, apresentando-se.

— Desculpe, mas por acaso o senhor nasceu em Zante? — perguntou Montalbano.

— Conte ao comissário o que aconteceu — disse Fazio.

Catorze

— Por volta das quatro da tarde de hoje, uma caminho-nete parou em frente ao meu prédio e o sujeito que dirigia me chamou. Ele me disse que tinham de direcionar melhor a parabólica da televisão dos Pirrera, que fica no telhado do 41.

— Me diga exatamente o que queriam do senhor.

— Eles sabiam que eu fico com as chaves do 41...

— Por que com o senhor?

— É uma residência de dois andares, certo? No térreo, moram os Tallarita, marido e mulher, que saem às sete da manhã e voltam às cinco e meia da tarde. Os Pirrera, que mo-ram no primeiro andar, saem às oito, voltam para almoçar e saem de novo; a mulher volta mais ou menos às cinco e meia, já o marido, depois das oito da noite. Por isso deixam a chave comigo, em caso de necessidade.

— O que queriam?

— Que eu abrisse o portão e a portinha da escada que dá para o telhado.

— E o senhor fez isso?

— Sim.

— Esperou que terminassem o trabalho?

— Não, senhor, voltei para a minha guarita.

— E então?

— Depois de uns 45 minutos, passaram de novo, me agradeceram e me disseram que tinham acabado. Eu fui trancar.

— Quantos eram?

— Três.

— Você viu a cara deles?

— De dois, sim, de um, não.

— Por quê?

— Estava com uma boina e um cachecol cobrindo até o nariz. Estava resfriado, tossia.

— Obrigado, pode ir.

— Agora me conte a sequência — disse Montalbano a Fazio.

— Doutor, os três subiram no telhado, forçaram a claraboia, entraram no apartamento dos Pirrera e foram direto para o cofre. Eles o abriram e adeus. Por isso, chamei a perícia.

— Fez bem. O que o Sr. Pirrera faz?

— Tem uma joalheria. Toca o negócio com a mulher. Está desesperado.

— E não roubaram mais nada do apartamento?

— Parece que não.

— Arquà também veio com seus homens?

— Sim.

Arquà era o chefe dos peritos e Montalbano não o suportava. Arquà pensava do mesmo jeito.

— Escute, eu vou para Marinella. Depois ligue e me conte tudo.

— Está bem.

— Ah, queria lhe dizer que consegui todas as informações sobre Pennino e Parisi. Pennino está sendo investigado pelo narcóticos. Parisi está há dois meses num hospital de Palermo.

— Então Cosulich estava enganada?

163

— Parece que sim. Ah, ouça, pode parar com a vigilância noturna das casas. Nessa altura do campeonato perdemos o jogo.

Virou-se, deu três passos e voltou.

— Peça ao porteiro para ir ao comissariado amanhã de manhã. Viu a cara de dois deles. Mostre o fichário a ele. Não tenho esperanças de que reconheça alguém, mas é o protocolo.

Em Marinella, tirou a roupa e foi para debaixo do chuveiro na tentativa de se acalmar. O ir e vir de Montelusa, o roubo e a sensação de derrota o haviam deixado nervoso.

O Sr. Z tinha conseguido!

Havia mudado completamente o método e tinha acertado!

Mantivera a palavra, era preciso reconhecer isso.

E o fizera fazer papel de idiota.

Nem sentiu vontade de ir ver o que Adelina tinha preparado para o jantar.

Ficou na varanda, sentindo-se impotente e furioso ao mesmo tempo.

A essa altura tinha ficado claro. Precisava encarar a verdade: estava na hora de se aposentar.

O telefonema de Fazio chegou uma meia hora depois.

— Doutor, o Dr. Pirrera está vindo ao comissariado prestar queixa. Mas queria lhe dizer que a perícia talvez tenha feito uma descoberta que pode ser importante.

— E o que foi?

— Encontraram uma chave em cima do telhado, uma chave de carro. Na opinião deles, um dos ladrões a esqueceu, eles excluíram a possibilidade de já estar lá antes.

— Havia impressões digitais?

— Não, senhor. Nem no cofre. E, depois, queria lhe contar um boato que escutei.

— Fale.

— Na verdade, não foi só de uma pessoa que ouvi esse boato, mas de várias. Pirrera é um agiota.

— Bom saber. Quem está com a chave?

— Eu.

— Chego já, já.

— O que vem fazer aqui?

— Depois lhe digo.

Aquela chave, para ele, era como uma balsa para um náufrago.

— O Sr. Pirrera foi embora?

— Agora mesmo.

— Vocês resolveram rápido.

— Ele veio com a lista pronta. Um joalheiro sabe o que guarda em seu cofre.

— Bom. Você tem o número de telefone de todas as pessoas da lista?

— Sim.

— Quantos homens você tem no comissariado no momento?

— Cinco.

— Segure-os aqui. Agora, telefone para todos. Peça ajuda a Catarella e a mais alguém.

— O que devo dizer?

— Que daqui a uma hora quero todos aqui, no comissariado, com todos os carros que possuem.

— Doutor, mas daqui a uma hora são onze da noite!

— E daí?

— Talvez alguns já tenham ido se deitar...

— Se foram se deitar, que se levantem.

165

— E se alguém se recusar?

— Diga-lhes que dei a você ordem de trazê-los aqui algemados.

— Doutor, tome cuidado com o que faz.

— Por quê?

— Essa gente, além de rica, é bem relacionada, podem reclamar no alto escalão, prejudicar o senhor...

— Eu não podia estar cagando mais para isso.

De repente, tinha voltado a ser o Montalbano de antigamente.

— Vamos fazer assim. À medida que chegarem, peça a esses senhores que deixem no estacionamento seus carros abertos, com as chaves neles, e entrem na sala de espera. Não quero que vejam o que vamos fazer. Está claro?

— Claríssimo.

— E agora vamos, não perca tempo.

Ficou mais de uma hora na janela fumando um cigarro atrás do outro.

Então, Fazio entrou.

— Estão todos aqui, com exceção dos Camera, que não conseguimos encontrar de jeito nenhum. Sabe de uma coisa? Tivemos sorte.

— Como assim?

— Dez deles estavam reunidos para uma partida de bridge. Estão todos de mau humor e pedindo explicações.

— Nós daremos. Está com a chave que a perícia encontrou?

— No bolso.

— Quantos carros são?

— Vinte e quatro. Alguns têm mais de um.

— Comece a checagem.

* * *

Chegou ao décimo sexto cigarro e estava com a garganta seca e a ponta da língua ardendo.

Então Fazio apareceu, entrando de maneira triunfante.

— É a chave do carro do contador Tavella, não há dúvida!

— Eu teria apostado os colhões — disse Montalbano.

Fazio olhou-o surpreso.

— Já desconfiava?

— Sim, mas não no sentido que você está pensando.

— E o que fazemos agora?

— Mande todos embora pedindo muitas desculpas. Com exceção de Cosulich, de Tavella e de Maniace.

— E por que não só Tavella?

— Melhor confundirmos um pouco as coisas. Quando todos tiverem ido, volte aqui com Cosulich. Atenção, ponha alguém de vigia na sala de espera. Nem Tavella, nem Maniace devem sair. Sob nenhuma circunstância.

Cinco minutos depois, Angelica estava presente, acompanhada por Fazio.

— Acomodem-se.

Os dois se sentaram nas cadeiras em frente à mesa.

A primeira coisa que Montalbano notou foi que os maravilhosos olhos azuis de Angelica pareciam esmaecidos.

— Peço desculpas por tê-la retido, Srta. Cosulich. Mas é apenas para lhe dizer que investigamos a fundo os dois nomes que gentilmente nos indicou. Nenhum dos dois, infelizmente, pode ser o autor da carta anônima.

Angelica deu de ombros, indiferente.

— Era só uma hipótese.

Montalbano e Angelica levantaram-se. O comissário lhe estendeu a mão.

A de Angelica estava gelada.

167

— Até logo. Fazio, por favor, a acompanhe e depois peça para o Sr. Maniace entrar.

— Até logo — disse Angelica sem olhá-lo.

Tinha de inventar uma coisa qualquer com Maniace.

— Boa noite — disse Maniace, entrando.

— Boa noite — respondeu Montalbano, levantando-se e estendendo-lhe a mão. — Fique à vontade. Não vamos demorar.

— Estou à disposição.

— Um certo Davide Marcantonio afirma que, há dez anos, foi seu sócio numa agência de serviços funerários. Agora, como Marcantonio é réu...

— Um momento — interrompeu-o Maniace. — Não conheço nenhum Marcantonio e nunca tive uma agência de serviços funerários.

— É mesmo? O senhor nasceu em Pietraperzia?

— Não, em Vigata.

— Então deve se tratar de um homônimo. Peço desculpas. Até logo. Fazio, acompanhe esse senhor.

Fazio voltou rapidamente.

— Chamo o Tavella?

— Não, vamos cozinhar ele. Tavella viu que com Cosulich e com Maniace nós resolvemos o assunto muito rápido. E agora deve estar se perguntando por que não o chamamos. Quanto mais nervoso ele ficar, melhor.

— Doutor, pode me explicar por que o senhor pensou logo nele?

— Você me disse que Tavella, por causa do vício no jogo, está cheio de dívidas. E você também me disse que Pirrera é agiota. O que tem numa *cavagna*?*

---

* Recipiente especial para ricota fresca. (N. da T.)

— Ricota — respondeu Fazio.

— E isso é o que querem que a gente acredite. Mas nesta *cavagna*, em especial, não tem ricota, mas outra coisa.

Fazio deu um pulo na cadeira.

— Então o senhor acha que...

— ... que Tavella é um bode expiatório ideal. Mas posso estar enganado. Tem algum bar aberto a essa hora?

— Perto daqui, não, senhor, doutor. Mas se quiser um café, Catarella tem uma maquininha. Fica bom.

Depois do café, Montalbano disse a Fazio para ir buscar Tavella.

Era um homem de quarenta anos, magro, bem-vestido, de cabelos crespos, óculos e com alguns leves tiques.

— Acomode-se, Sr. Tavella. Sinto muito tê-lo feito esperar, mas precisei verificar algumas coisas antes.

Tavella sentou-se, ajeitando a prega da calça. Depois tocou a orelha esquerda duas vezes.

— Não entendo por que...

— Vai entender. E, por gentileza, não faça observações, apenas responda às minhas perguntas. Assim terminaremos logo. Onde estão as chaves do seu carro?

— O senhor aqui presente nos disse que devíamos...

— Ah, é verdade. Fazio, vá pegá-las.

Antes de sair, Fazio olhou-o. Montalbano retribuiu o olhar. Entenderam-se de imediato.

— Onde trabalha, Sr. Tavella?

— Na prefeitura, no departamento de patrimônio público. Sou contador.

— Foi trabalhar essa tarde?

— Não.

— Por quê?

— Eu tinha pedido uma folga para dar uma mão à minha mulher. Esta noite os amigos iam à nossa casa para o habitual jogo de bridge.

— Entendi.

Fazio voltou com as chaves. Eram duas, presas a um anel de metal.

Colocou-as em cima da mesa.

— Olhe-as bem, contador. São as do seu carro?

— Sim.

— Tem certeza?

Tavella se inclinou para a frente na cadeira para olhá-las mais de perto.

Tocou duas vezes a orelha esquerda.

— Sim, são as minhas.

— Uma é para ligar o motor, a outra é para o porta-malas. Certo?

— Certo.

— Agora me explique por que nessa chave do motor não há impressões digitais suas.

Tavella ficou surpreso. Abriu e fechou a boca. Sentiu a necessidade urgente de ajeitar a prega da calça. E de tocar quatro vezes a orelha esquerda.

— Não é possível! Como eu conseguiria ter vindo aqui sem usar a chave?

— Porque a que o senhor usou é outra. Fazio, ponha-a na mesa.

Fazio colocou as luvas, pegou um pequeno envelope de plástico, tirou a chave e pousou-a em cima da mesa, ao lado das outras duas.

— Essa que está no chaveiro foi substituída por Fazio antes de voltar aqui.

170

— Não estou entendendo mais nada — disse Tavella, tocando oito vezes a orelha esquerda. — E por que essa outra chave está com vocês?

— Porque foi encontrada no telhado da casa do Sr. Pirrera, que foi roubada nessa tarde. Certamente o senhor deve saber disso.

De repente, Tavella ficou pálido como um cadáver. Depois deu um pulo e se pôs de pé, seu corpo todo tremia.

— Não fui eu! Eu juro! As chaves de reserva estão na minha casa!

— Sente-se, por favor. E tente se acalmar. Onde as guarda?

— Penduradas perto da porta de casa.

Montalbano lhe entregou o telefone.

— Sua mulher sabe dirigir?

— Não.

— Ligue para ela e pergunte se as chaves reserva ainda estão lá.

As mãos de Tavella tremiam tanto que errou duas vezes o número. Fazio interveio, enquanto a orelha esquerda do contador era massacrada.

— Fala o número.

Tavella lhe disse, Fazio o digitou e lhe passou o telefone.

— Alô, Ernestina? Não, não aconteceu nada comigo, ainda estou no comissariado. Um contratempo, bobagem. Sim, estou bem, fique tranquila. Preciso que me faça um favor. Vá ver se as chaves reserva do carro estão no lugar.

Tavella estava com a testa molhada de suor. A orelha esquerda estava vermelha feito um pimentão.

— Não, não estão? Olhou bem? Tchau, até mais tarde.

Desligou e abriu os braços, desconsolado.

— Não sei o que dizer.

— Então o senhor não sabe quando sumiram?

— Eu não estava prestando atenção! Estavam lá, com as outras, as do porão, as do sótão...

— Me responda com sinceridade, contador.

— E o que fiz até agora?

— O senhor deve dinheiro a Pirrera?

Tavella não hesitou nem um instante.

— Sim. Não é nenhum segredo, todos sabem!

— Seus amigos também?

— Claro!

— Quanto lhe deve?

— No início eram cem mil euros, agora viraram quinhentos mil.

— Pirrera é um agiota?

— Julgue o senhor. Há trinta anos que não faz outra coisa que não sugar o sangue de metade da cidade!

Um grandíssimo, inexplicável, ou talvez explicável demais, cansaço recaiu sobre o comissário.

— Contador Tavella, infelizmente sou obrigado a detê-lo.

O pobre coitado levou as mãos à cabeça e começou a chorar.

— Acredite em mim, não posso fazer diferente. O senhor não tem um álibi, a chave do seu carro foi encontrada no local do roubo, tem bons motivos para detestar Pirrera...

A raiva por ter de seguir regras abstratas e a pena por aquele pobre coitado, que tinha a certeza de ser inocente, lhe causaram um embrulho no estômago.

— Poderá avisar sua mulher agora mesmo. E amanhã de manhã ligue para o seu advogado. Fazio, çuide de tudo.

Saiu às pressas, como se ficar dentro de sua sala o deixasse sem ar.

Ao passar perto de Catarella, viu-o ocupado com o computador.

172

— O mesmo jogo?

— Sim, dotor.

— Como está se saindo?

— Mal. Mas meu cumpanheiro, que sou eu, está chegando pra ajudar.

Alguma coisa dentro dele rebelou-se.

Mas por que devia seguir ao pé da letra o manual de comportamento do comissário perfeito?

Quando é que já tinha feito isso?

Voltou correndo à sua sala.

Fazio estava com a mão no telefone para ligar para a mulher do contador.

Tavella continuava chorando.

— Fazio, uma palavrinha.

Fazio foi até ele no corredor.

— Vou mandá-lo para casa.

— Está bem, mas...

— Escreva um relatório dizendo que nossa cela não é viável por causa de um alagamento pregresso.

— Mas não chove há um mês!

— Justamente por isso é pregresso.

Então entrou de novo na sala.

— Sr. Tavella, vou liberá-lo. Vá para casa ver sua mulher. Mas amanhã de manhã, às nove em ponto, volte aqui com seu advogado.

E, antes que Tavella, atordoado, começasse a lhe agradecer, saiu.

Quinze

Tinha perdido completamente o apetite.

Ajeitou-se na varanda, como de costume.

Nessa altura do campeonato estava mais do que claro que o Sr. Z era uma pessoa da lista.

De cada um dos que haviam sofrido o roubo conhecia não apenas todos os detalhes da vida, mas também os hábitos, o dia a dia.

Sabe-se lá há quanto tempo o Sr. Z tinha se apoderado das chaves de Tavella, talvez tenha sido em uma noite em que tinha ido à sua casa para jogar bridge!

Mas por que o Sr. Z, no caso de ser mesmo alguém da lista, alguém insuspeitável, suficientemente abastado, tinha se metido a liderar uma gangue de ladrões?

Numa carta anônima, havia escrito que não tocava em nada do que havia sido roubado, deixava tudo para seus cúmplices.

Mas então por que o fazia? Por lazer? Ora bolas!

Certamente, estava atrás de algo muito importante para ele.

E o encontrara, se os roubos haviam mesmo terminado.

O Sr. Z não procurava uma coisa ao acaso, mas uma coisa específica.

E, portanto, também sabia onde essa coisa se encontrava.

O único roubo que interessava ao Sr. Z era o último, aquele à casa dos Pirrera.

Tanto é que tinha deixado uma pista que incriminava Tavella.

O que era uma espécie de cortina, que descia ao fim da apresentação.

Todos os roubos precedentes haviam servido para pagar os custos da gangue. E também para despistar.

Quem sabe o Sr. Z, como Tavella, devia dinheiro a Pirrera?

Ou Pirrera guardava no cofre alguma coisa que interessava ao Sr. Z?

E, ainda sobre o Sr. Z, havia outras considerações a fazer.

Todas as pessoas da lista se conheciam havia anos, conviviam.

Por que só agora o Sr. Z resolveu roubar as casas de seus amigos?

Qual seria a motivação para isso?

Qual tinha sido a novidade que o levara a se tornar um delinquente?

E mais: como havia feito para contatar uma gangue de ladrões? Não se encontra uma em qualquer esquina, uma pessoa não vai a uma agência de empregos e diz:

— Dá licença, eu estou precisando de três ladrões com experiência.

De todo modo, prometeu a si mesmo que no dia seguinte ligaria para Pirrera e o colocaria contra a parede.

Tinha acabado de ir se deitar e Angelica voltou aos seus pensamentos.

Havia algo em sua atitude, quando lhe comunicara que Pennino e Parisi não tinham a ver com a carta anônima, que o deixara intrigado.

Ela agira com indiferença.

Mas ele esperava outra reação.

Angelica se demonstrara enfraquecida, apagada.

Era como se todo aquele problema não fosse mais da sua conta.

Será que a direção-geral do banco tinha decidido sua transferência?

Enfim pegou no sono.

Mas acordou de repente. Não havia dormido mais do que meia hora.

Teve um estalo forte, incômodo, que o impedira de continuar dormindo.

Não, não havia sido um pensamento, mas uma imagem.

Qual?

Fez esforço para se lembrar dela.

Então lhe voltou à mente.

Catarella dentro de seu cubículo jogando no computador.

O que tinha a ver?

Em seguida se lembrou perfeitamente das palavras da explicação que havia lhe dado:

Dotor, a consistência deste jogo consiste em prejudicar o máximo possível a dupla adversária, ou seja, a inimiga, evitando que o próprio companheiro seja posto em grave perigo.

O que significava?

No fundo sentia que aquelas palavras eram muito importantes.

Mas em relação a quê?

Ficou matutando madrugada adentro.

Então, o primeiro raiar de sol clareou suas ideias.

E ele, de repente, fechou os olhos, como se quisesse rejeitar aquela luz.

Uma luz que lhe fazia muito mal.

Uma luz que lhe dera, como um gume de faca, uma dolorosa fisgada no peito.

Não. Não era possível!

Ainda assim...

Não, era absurdo pensar numa coisa dessas!

Ainda assim...

Levantou-se, não podia mais ficar deitado.

MeuDeusmeuDeusmeuDeusmeuDeus...

Rezava?

Colocou o calção de banho.

Abriu a porta-balcão da varanda.

MeuDeusmeuDeusmeuDeusmeuDeus...

O pescador ainda não tinha chegado.

O ar estava fresco, fazia eriçar os pelos dos braços.

Desceu à praia, deu um mergulho no mar.

Se tivesse uma câimbra e se afogasse seria até melhor.

MeuDeusmeuDeusmeuDeusmeuDeus...

Ainda molhado foi à cozinha, preparou a xícara de café de sempre, bebeu-a toda.

O som do telefone foi como uma rajada de metralhadora.

Olhou o relógio. Eram apenas seis e meia da manhã.

— Doutor? Aqui é Fazio.

— Diga.

— Encontraram um corpo.

— Onde?

— Numa estrada de terra na região de Bellagamba.

— E onde é?

— Se quiser, passo para buscá-lo.

— Pode ser.

Decidiu não contar a Fazio sobre a conclusão desagradável a que havia chegado. Antes precisava de confirmações.

— Quem telefonou?

— Um camponês que disse um nome que Catarella não entendeu.

— Alguma informação em especial?

— Nenhuma. Disse que o cadáver se encontra dentro de um valão bem perto de uma grande pedra, em cima da qual está desenhada uma cruz preta.

— Catarella disse para o homem nos esperar?

— Sim.

Foi fácil encontrar a grande pedra com a cruz preta.

Ao redor, uma verdadeira desolação; não havia uma casa a se pagar peso de ouro, mas apenas arbustos de sorgo, ervas selvagens a perder de vista, algumas árvores adoentadas. Os únicos seres vivos eram gafanhotos do tamanho de um dedo e moscas que voavam tão unidas que pareciam véus escuros no ar. Não se ouvia o latido de um cão.

E, principalmente, o homem que havia descoberto o corpo não estava lá.

Fazio parou o carro e ambos desceram.

— Ele foi embora. Fez seu dever, mas não quer aborrecimentos — disse Fazio.

O corpo estava dentro do valão que corria paralelamente à estrada.

Estava de barriga para cima, com os olhos esbugalhados e a boca torcida numa espécie de risadinha sarcástica.

Seu torso estava nu, uma quantidade enorme de pelos no peito e nos braços, mas usava calça e sapatos. Nenhuma tatuagem visível.

Montalbano e Fazio agacharam-se para olhá-lo melhor.

Tratava-se de um homem de uns quarenta anos, com a barba comprida de alguns dias.

Havia dois ferimentos bem evidentes sobre os quais sobrevoavam mais de um milhão de moscas.

O ombro esquerdo estava arroxeado e inchado.

Fazio pôs as luvas, deitou-se de bruços e virou o cadáver de leve.

— A bala ainda deve estar alojada no ombro. Mas o ferimento infeccionou — disse.

O outro ferimento devastara seu pescoço.

— Já esse é um furo de saída — disse o comissário. — Devem ter atirado na nuca.

Fazio repetiu a ação.

— É verdade.

Depois passou a mão embaixo do quadril do cadáver.

— No bolso detrás não há carteira. Talvez a guardasse no paletó. Acho que morreu há alguns dias.

— Também acho.

Montalbano deu um longo suspiro. Agora começava a grande amolação do promotor público, da perícia, do médico-legista... Mas queria ir embora o quanto antes daquele lugar desconsolado.

— Chame a turma do circo, vai. Faço companhia a você até eles chegarem, depois vou embora. Tavella vai ao comissariado hoje.

— Ah, sim. E também vai Ugo Foscolo, o porteiro, para ver se reconhece...

Montalbano teve um estalo.

Mas não havia nada que o justificasse.

— Tem o telefone dele?

— De quem?

— De Foscolo.

— Sim.

— Ligue imediatamente para ele, mande vir aqui e lhe mostre o corpo.

Fazio olhou-o, perplexo.

— Doutor, mas como pode pensar que...

— Não sei, é uma coisa que passou pela minha cabeça, mas não perdemos nada se tentarmos.

Fazio deu os telefonemas que tinha de dar.

Mas passou-se uma hora antes que chegasse o Dr. Pasquano, o médico-legista.

Ele olhou ao redor.

— Simpático este lugar, muito alegre. Por que nunca encontram um cadáver, sei lá, numa discoteca, num carrossel... Claro que fui o primeiro a chegar.

— Infelizmente, sim — disse Montalbano.

— Puta merda, passei a noite no clube e estou com um sono que está me matando — exclamou Pasquano, irritado.

— Perdeu?

— Cuide da porra da sua vida — replicou o médico, com sua habitual delicadeza e nobre linguagem.

Sinal de que tinha perdido. E muito.

— E o senhor promotor público Tommaseo, quando nos dará a honra de sua presença?

— Foi o primeiro para quem liguei — interveio Fazio — e me disse que no máximo daqui a uma horinha estará aqui.

— Se não se esborrachar num poste antes — disse Pasquano, cada vez mais nervoso.

Todos sabiam que o promotor público Tommaseo dirigia como se tivesse sob efeito de alucinógenos.

— Dê uma olhada no corpo enquanto isso — sugeriu Montalbano.

— Vá olhá-lo o senhor, eu vou tirar uma soneca — disse o doutor.

E se enfiou no carro funerário, botando os dois carregadores para fora.

— Se quiser pegar meu carro — disse Fazio —, eu pego carona com algum deles.

— Até logo, então.

— Ah, dotor! Devo lhe comunicar que na sala de espera acontece que tem um sujeito esperando vossinhoria em pessoa pessoalmente.

— Tavella.

— Não, senhor, Trivella.

— Está bem, mande-o à minha sala.

Tavella estava muito menos nervoso do que no dia anterior. De fato, só tocou a orelha uma vez. Havia superado o terrível baque da acusação repentina e falsa.

— Antes de tudo, queria lhe agradecer pela compreensão...

Montalbano o interrompeu:

— Chamou o advogado? Conversou com ele?

— Sim. Mas só poderá vir daqui a uma meia horinha.

— Então volte à sala de espera e, quando ele chegar, peça para me avisarem.

Ligou para o promotor público Catanzaro, que cuidava de roubos e assaltos.

Simpatizavam um com o outro e se tratavam informalmente.

— Aqui é Montalbano. Pode falar por quinze minutos?

— Digamos dez.

Contou-lhe tudo sobre os roubos e Tavella.

— Faça um relatório para mim e no meio-tempo mande imediatamente Tavella e seu advogado virem aqui — disse Catanzaro no fim.

Com uma paciência de Jó, começou a escrever à mão o relatório que depois Catarella digitaria.

Após meia hora, Catarella o avisou que o advogado tinha chegado.

— Mande-os entrar.

Resolveu tudo com eles em cinco minutos e os mandou para Catanzaro.

Levou mais meia hora para terminar o relatório, que entregou a Catarella para digitá-lo no computador.

Depois telefonou para Fazio.

— Em que ponto estão?

— Doutor, o promotor público Tommaseo bateu numa vaca.

Isso era uma novidade. Tommaseo tinha batido em tudo; árvores, caçambas, postes, pedras marcos miliários, caminhões, rebanhos de ovelhas, tanques, mas nunca antes numa vaca.

— Foscolo chegou?

— Sim, mas não o reconheceu.

Paciência, a ideia não tinha dado certo.

— Resumindo, vai durar a manhã toda?

— Pelo que parece, sim.

— E o que Pasquano está fazendo?

— Felizmente está dormindo.

Por volta de uma da tarde, quando já estava se levantando para ir comer, Tavella telefonou.

— O Dr. Catanzaro me pôs em prisão domiciliar. Mas eu lhe juro, comissário, que...

— Não precisa jurar, acredito no senhor. Verá que tudo se resolverá da melhor forma possível.

Saiu do comissariado, foi ao Enzo, mas não exagerou.

Depois da habitual caminhada, voltou ao comissariado.

Fazio o esperava.

— O que Pasquano disse?

— Foi quase impossível ficar perto dele, imagine lhe perguntar alguma coisa. Estava tão furioso que dava medo.

— Ligo para ele à noite. Mas já sei o que me dirá.

— O quê?

— Que o primeiro ferimento, o do ombro, aconteceu cerca de 48 horas antes do disparo na nuca que o matou.

— E quem atirou nele?

— O primeiro disparo? Não consegue adivinhar?

— Não senhor.

— Nosso Loschiavo.

— Merda!

— Calma! Ele apenas o feriu e agiu em legítima defesa. Eu escrevo o relatório ao superintendente.

— E como aconteceu, na sua opinião?

— Durante a troca de tiros na casa dos Sciortino, Loschiavo fere um homem. A bala fica alojada em seu ombro, mas os cúmplices não sabem como cuidar dele, nem podem levá-lo ao hospital. Depois, o ferimento infecciona e seus companheiros, para evitar complicações, resolvem matá-lo. Quando Pasquano tirar a bala, vamos saber se minha suposição está certa ou não.

— Talvez esteja certa — disse Fazio.

— Portanto esse homem morreu antes do roubo na casa dos Pirrera — continuou o comissário.

— Certamente.

— Mas os ladrões continuavam sendo três. Foscolo nos disse.

— Sim.

— E isso só pode significar uma coisa. Que o Sr. Z participou do roubo pessoalmente, substituindo o morto. Devia ser aquele de boina e cachecol que fingiu estar resfriado.

— É provável. Mas claro que, fazendo isso, se expôs a um risco enorme.

— Valia a pena.

183

— Como assim?

— Cheguei à conclusão de que o único roubo que interessava ao Sr. Z era justamente esse último. Os anteriores serviram para pagar os integrantes da gangue e também para confundir as coisas. Certamente, havia algo dentro do cofre de Pirrera, além das joias. Agora esse "algo" está nas mãos do Sr. Z e nós não ouviremos mais falar da gangue. Porém, estou convencido de que em breve haverá consequências. Espero algo como um efeito dominó.

— Será? Mas isso nos deixa de mãos vazias.

— Talvez ainda exista um jeito.

— Me diga qual.

— Enquanto continua procurando notícias sobre os três nomes da lista que lhe disse outro dia, você deveria visitar de novo, com uma desculpa qualquer, a viúva Cannavò, a fofoqueira.

— O que quer saber?

— Olhe, Fazio, é uma ideia mais frágil que uma teia de aranha. Mas não podemos deixá-la de lado. Você tem de tentar saber se aconteceu algo incomum no grupo dos amigos dos Peritore, cerca de três ou quatro meses atrás.

— Como assim algo incomum?

— Não sei dizer. Mas faça com que ela lhe conte tudo, arranque tudo da viúva.

— Vou agora mesmo.

Nem vinte minutos depois Fazio lhe telefonou.

— A viúva foi visitar o filho em Palermo.

— Sabe quando volta?

— O porteiro disse que amanhã no fim da manhã.

Um pouco antes das oito da noite, pegou o telefone e ligou para o Dr. Pasquano.

— O que me conta, doutor?

— O senhor escolhe. *Chapeuzinho Vermelho*? *A fábula do filho trocado*? Uma piada? Sabe aquela do médico e a enfermeira?

— Doutor, por favor, está tarde e eu estou cansado.

— Por quê? E eu não estou?

— Doutor, eu queria saber...

— Eu sei o que queria saber! E não vou lhe dizer, está bem? Espere o relatório clínico.

— Mas por que está tão impertinente?

— Porque estou de saco cheio.

— Posso fazer uma pergunta?

— Só uma?

— Uma. Palavra de honra.

— Rá! Não me faça rir! Palavra de honra dão os homens. Mas o senhor não é um homem, é um ferro-velho! Por que não se exonera? Não entendeu que já está decrépito?

— Terminou?

— Sim. E agora me faça logo essa porra de pergunta e vá embora para um asilo de velhos.

— Tirando o fato de que o senhor é mais velho que eu e não poderá ir para um asilo porque não vai ter dinheiro para pagar a mensalidade, já que perdeu tudo no jogo, a pergunta é a seguinte: extraiu a bala do ombro?

— Era aí que eu queria que você chegasse! Está com o rabo preso, hein!

— Por quê?

— Porque vocês da polícia atiram nas pessoas e não percebem!

Era o que Montalbano queria saber.

— Agradeço pela sua delicadeza, doutor. E lhe desejo muita sorte no clube esta noite.

— Vá se foder!

Dezesseis

Não tinha vontade de voltar a Marinella.

Porque significaria ficar sozinho.

E ficar sozinho significaria voltar a pensar no estalo que tivera ontem à noite.

E que o fazia ficar embrulhado.

Então, caro Montalbano, você é um covarde? Não tem coragem de enfrentar a situação?

Nunca disse que era um herói, respondeu para si mesmo.

E, além do mais, ninguém está disposto a fazer o haraquiri.

Decidiu ir comer no Enzo.

— O que foi, Adelina está em greve?

— Não, acabei esquecendo no forno a comida que ela havia preparado e queimou.

Mentiras, sempre. Em qualquer ocasião. Dizia e ouvia mentiras.

— Ah, doutor, queria dizer que a senhorita ainda não passou para pegar o pacote.

E por quê? Tinha esquecido? Ou tivera coisas muito mais sérias nas quais pensar?

— Pode me devolvê-lo, por favor?

— Já vou trazê-lo.

Não sabia onde estava com a cabeça; com certeza não foi uma ideia em que pensou com calma.

Enzo apareceu com o pacote e Montalbano o colocou no bolso.

O que faria com aquilo? Não sabia.

— O que vai querer? — perguntou Enzo.

Comeu muito, e devagar, para passar o tempo.

Depois foi ao cinema.

— Olhe, comissário, a última sessão começou há dez minutos.

— Não tem problema.

Talvez aqueles dez minutos perdidos no início fossem fundamentais, porque do filme, que tratava de espionagem, não entendeu nada de nada.

Saiu meia-noite e meia.

Entrou no carro e guiou o automóvel em direção à via Costantino Nigra.

Parou, como da outra vez, em frente ao portão de serviço do prédio em forma de casquinha de sorvete.

O que fazia lá?

Não sabia, estava seguindo seu instinto, a razão não tinha nada a ver com aquilo.

A rua estava vazia. Saiu, atravessou, abriu o portão e o trancou.

Lá dentro estava tudo exatamente igual a como já tinha visto. Ao entrar no elevador, apertou o botão do penúltimo andar.

Subiu a escada tentando fazer o mínimo de barulho possível.

Encostou o ouvido na porta.

Num primeiro momento, não ouviu nada, só o batimento acelerado de seu coração.

Então escutou, distante, Angelica falando em voz alta.

Pouco depois se convenceu de que não havia ninguém com ela, estava só ao telefone.

E, como a voz de Angelica algumas vezes estava mais perto e outras vezes mais longe, percebeu que ela falava ao celular, passando de cômodo em cômodo.

Então a ouviu pertíssimo.

Angelica estava alterada, quase histérica.

— Não! Não! Eu sempre disse tudo a você! Nunca escondi nada! Por que eu deixaria de contar algo tão importante? Acredita em mim ou não? Então quer saber de uma coisa? Vou desligar! Boa noite!

Deve ter feito isso, porque Montalbano logo em seguida a ouviu chorando, desesperada.

Por um instante, sentiu-se tentado a abrir a porta e correr para consolá-la.

Mas se conteve e deu as costas em direção à escada.

Chegou a Marinella depois de uma hora.

Tirou a roupa, pôs o calção de banho, desceu à praia e começou a correr na beira do mar.

Após uma hora e meia caiu de bruços na areia e lá ficou.

Depois encontrou a energia para voltar com o mesmo passo de corrida.

Foi se deitar, exausto, às quatro da manhã.

Estava morto de cansaço e absolutamente impossibilitado de raciocinar.

Atingira, afinal, seu objetivo.

— Doutor, quer o café?

— Que horas são?

— Quase nove.

— Me traga um duplo.

Não! Não! Eu sempre disse tudo a você! Nunca escondi nada! Por que eu deixaria de falar algo tão importante?

Podia significar tudo e podia significar nada.

Depois de ter bebido o café, foi tomar banho.

Então ouviu Adelina atrás da porta do banheiro.

— Doutor, estão querendo falar com o senhor no telefone.

— Quem é?

— Catarella.

— Diga que ligo de volta daqui a cinco minutos.

Foi rápido, tinha o pressentimento que com o assassinato do ladrão algo havia mudado e que o acontecimento teria consequências, embora não ainda soubesse dizer quais.

— Catarè, aqui é Montalbano.

— Ah, dotor! O Sr. Pirrera se suicidou.

— Quem telefonou?

— A esposa.

— Fazio está sabendo?

— Sim, como o suicídio foi na joalheria na via De Carlis, ele se encontra no local.

Devia ser a via De Carolis.

— Já estou a caminho.

Fazio o esperava em frente à porta de enrolar abaixada pela metade.

Quatro curiosos pouco afastados falavam em voz baixa.

A notícia do suicídio ainda não havia se espalhado, os jornalistas e os operadores das TVs locais não sabiam nada a respeito.

— Ele atirou em si mesmo?

Em geral, os joalheiros sempre têm uma arma à mão.

E acabam se metendo em encrenca, pondo-se a dar tiros nos assaltantes.

— Não, senhor, se enforcou no depósito dos fundos.

— Quem achou o corpo?

— A esposa dele, coitada. Teve forças para me contar que, essa manhã, Pirrera veio aqui duas horas mais cedo do que costuma vir. Disse para ela que tinha de arrumar os registros. Já ela chegou por volta de quinze para as nove, como sempre, e fez a descoberta.

— Está lá dentro?

— A senhora? Não, doutor. Estava muito mal. Eu pedi para uma ambulância levá-la ao hospital de Montelusa.

— Ele deixou algo escrito?

— Sim, um bilhetinho de uma linha: "Pago pelo que fiz." E a assinatura. Quer dar uma olhada?

— Não. Chamou a turma do circo?

— Sim, doutor.

O que ainda estava fazendo ali?

— Vou para o comissariado.

No fim das contas, podia se considerar satisfeito, embora não seja algo muito satisfatório um suicídio ter sido a confirmação do que pensara ter ocorrido.

Certamente, o Sr. Z tinha encontrado no cofre de Pirrera o que procurava.

Ou seja, as provas do que Pirrera havia feito.

Mas o que Pirrera havia feito?

Ou: por que o Sr. Z queria o que procurava?

Quando descobrisse, resolveria tudo.

— Tem certeza de que é suicídio? — perguntou Montalbano a Fazio quando ele voltou ao comissariado.

190

— Absoluta. De qualquer forma, a perícia levou o bilhete para o exame grafotécnico. Tenho de lhe dizer uma coisa. Lembra que eu havia colocado o agente Caruana atrás do engenheiro De Martino?

— Sim.

— Eu disse a Caruana para não se preocupar mais com isso. Nessa altura do campeonato, me parece claro que o engenheiro não está envolvido com os furtos.

— Fez bem. Em que ponto está com os outros nomes?

— Doutor, entre roubos e pessoas assassinadas, não tive muito tempo. Mas podemos eliminar mais um nome.

— Qual?

— Costa Francesco.

O ignorante, aquele sem formação acadêmica.

— Por quê?

— É quase um anão, portanto...

— E o que isso significa? Que talvez um anão não possa...

— Deixe-me terminar. Ugo Foscolo me descreveu perfeitamente os três ladrões e nenhum deles era anão.

— Tem razão.

— E também não pode ser o Sr. Z porque o senhor, com razão, supõe que ele participou do roubo.

— Você está certo. Então sobram dois nomes, por enquanto. Schirò e Schisa. Vá trabalhar.

Levou mais de uma hora escrevendo o relatório sobre o tiroteio na casa dos Sciortino, deixando claro que a ação de Loschiavo era irrepreensível.

Quando terminou, levou-o a Catarella.

Depois voltou à sua sala e imediatamente, ele nem tinha se sentado, foi chamado ao telefone.

— Ah, dotor! Acontece que na linha teria um senhor que não dá para entender como fala!

— E por que quer me passar?

— Porque a única palavra que entendi com certeza foi o seu nome do senhor, que seria vossinhoria.

— Mas ele disse como se chama?

— Não senhor.

Não é como se ele tivesse muito a fazer, por isso convinha.

— Está bem.

Ouviu uma voz abafada, confusa.

— Comissário Montalbano?

— Sim. Quem fala?

Ouviu claramente que o homem respirava profundamente antes de falar.

— Me escute bem: considere Cosulich morta.

— Alô? Quem...

Do outro lado, a ligação foi interrompida.

Montalbano gelou.

Depois a sensação de frio se transformou em calor, que o fez suar abundantemente.

A voz do sujeito que falara ao telefone claramente havia sido distorcida de propósito.

A mensagem não se prestava a dúvidas, infelizmente.

Mas por que tinham a intenção de matá-la?

Não! Não! Eu sempre disse tudo a você! Nunca escondi nada! Por que eu deixaria de falar algo tão importante?

Não, aquelas não eram palavras ditas a um amante ciumento.

Mas que sentido tinha se apressar em avisar com antecedência justamente a ele, um comissário de polícia, do propósito homicida deles?

Não se davam conta de que ele colocaria Angelica sob proteção na mesma hora?

Que faria o possível e o impossível para evitar aquele homicídio anunciado?

Uma hipótese que, à primeira vista, podia parecer insensata, começou a ganhar força.

E se o sujeito que tinha telefonado quisesse exatamente atingir o objetivo inverso?

Digamos que Angelica esteja sendo ameaçada por algo que tenha feito.

Ou que não tenha feito.

Ela, se o motivo pelo qual a ameaçam não é revelável, com certeza não pode vir ao comissariado denunciar o fato.

Então um amigo seu intervém e dá o telefonema.

Dessa forma, a polícia tem de proteger Angelica, obrigatoriamente.

Se seu palpite estivesse correto, só havia uma coisa a fazer.

— Catarella, ligue para Fazio.

Teve de esperar cinco minutos antes que ele atendesse.

— Tenho uma novidade. Pode vir aqui agora?

— Eu poderia, mas estou em uma conversa importante.

— Quando acha que termina?

— Daqui a uma hora.

— Espero você, então.

— Catarella!

— Às ordens, dotor!

— Telefone para o banco siciliano-americano e peça para falar com a Srta. Cosulich. Mas não diga que é da polícia.

Catarella ficou quieto.

Era evidente que ele tinha ficado confuso com a proibição do comissário.

— E então quem eu digo que está falando?

— Diga que é da parte da secretaria do bispo de Montelusa. Assim que ela atender, diga: "Aguarde que vou transferir para Sua Excelência Reverendíssima" e me passe.

— Maria, mãe de Deus, que coisa linda!

— O que é lindo?

— Isso aí!

— Isso aí, o quê?

— Desde quando vossinhoria virou excelência?

— Catarè, o bispo que é "excelência"!

— Ah! — disse Catarella, decepcionado.

Teve tempo de repassar a tabuada de seis e o telefone tocou.

— Alô? — perguntou Angelica.

E Montalbano desligou.

Era isso que queria saber. Enquanto a garota permanecesse dentro do banco estava em segurança.

— Catarella!

— Às ordens, dotor.

— Ligue para o hospital de Montelusa e se informe se a Sra. Pirrera está em condições de receber visitas.

— Ainda devo dizer que quem telefona é Sua Excelência o bispo?

— Não; aliás, deve dizer exatamente que quem liga é o comissariado de Vigata.

Entrar num hospital estando saudável sempre o incomodava.

— Quem procura? — perguntou uma mulher sem graça que estava atrás do balcão da entrada.

— A Sra. Pirrera.

Ela consultou o computador à sua frente.

— Não pode ir sem a autorização do médico.

— Deixe-me falar com o médico.

— O senhor é parente?

— Sou irmão dela.

— Espere um momento.

A sem graça fez uma ligação.

— Já está vindo.

Cerca de dez minutos depois, chegou um sujeito de uns quarenta anos atordoado, de óculos e jaleco.

— Sou o Dr. Zirretta. E o senhor seria...?

— Não seria, sou o comissário Montalbano, tenho certeza absoluta disso.

O homem olhou-o confuso.

— Preciso falar com a Sra. Pirrera.

— Está sedada — disse o médico.

— Mas consegue falar?

— Sim, porém vou lhe dar apenas cinco minutos. Pode ir. Está no segundo andar, quarto 20.

Vá saber o motivo, mas sempre se perdia dentro de hospitais. Como agora.

Concluindo, quando conseguiu chegar depois de dez minutos, encontrou o Dr. Zirretta diante da porta.

— Os cinco minutos começam agora — disse o comissário para o médico.

O quarto tinha dois leitos, mas um estava vazio.

A Sra. Pirrera, bastante pálida, era uma cinquentona gorda bem feinha.

Estava de olhos fechados, talvez dormindo. Montalbano sentou-se na cadeira ao lado da cama.

— Sra. Pirrera.

A mulher abriu os olhos devagar, como se cada pálpebra pesasse uma tonelada.

— Sou o comissário Montalbano. Está em condições de responder duas ou três perguntas?

— Sim.

— Tem ideia de por que seu marido...

A senhora abriu os braços.

— Não consigo...

— Escute, o Sr. Pirrera ficou muito chocado com o roubo?

— Agiu como um louco.

— Mas havia muitas joias no cofre?

— Sim, talvez.

— Desculpe, mas a senhora nunca viu o conteúdo do cofre?

— Ele nunca quis que eu visse.

— Uma última pergunta e vou deixá-la descansar. Seu marido, depois do roubo, recebeu alguma carta, algum telefonema que...

— Na mesma noite. Um telefonema. Demorado.

— Ouviu do que se tratava?

— Não, ele me mandou para a cozinha. Mas depois...

— Estava preocupado, assustado, transtornado?

— Assustado.

— Obrigado, senhora.

Então tudo fazia sentido.

O Sr. Z se valeu do que tinha encontrado no cofre para chantagear Pirrera.

Ou talvez para instigá-lo ao suicídio.

No comissariado estava Fazio.

— Desculpe, doutor, mas quando me ligou eu estava falando com a viúva Cannavò.

— O que ela disse?

— Dessa vez estava focada nas doenças dos amigos. Falou de um que teve pneumonia, outra que ficou com reumatismo... Perturbou meu juízo com conversas inúteis. Mas me revelou que Schisa passa facilmente da depressão à exaltação e que, de acordo com ela, ficou um ano internado numa clínica psiquiátrica.

— E isso é relevante?

— Bem, doutor, para mim está claro que o modo de agir do Sr. Z não é muito convencional.

— De fato... E sobre eventuais novidades?

— Nada, doutor. Ela me jurou que no grupo não havia acontecido nada incomum. Ou, se havia, ela não tinha percebido.

Enésima vez que dava com os burros na água.

— O que queria me dizer? — perguntou Fazio.

— Uma coisa muito curiosa. Um sujeito me telefonou e me disse para considerar Cosulich morta.

Uma espécie de choque elétrico passou pelo corpo de Fazio.

— Está de brincadeira?

— Imagine!

Fazio ficou um tempinho mudo, refletindo.

Às vezes, balançava a cabeça em sinal de negação. Então falou:

— Mas me parece estranho que alguém que queira matar uma pessoa avise isso para a polícia.

— Exatamente! Pensei a mesma coisa.

— E então, chegou a alguma conclusão sobre qual era o intuito do telefonema?

— Exatamente o contrário do que dizia.

Dezessete

— Que seria? — perguntou Fazio, confuso.

— Proteção total para a moça.

— E quem poderia ameaçá-la de morte?

— Bem... Sei lá... A única maneira de descobrir é ouvi-la. Ligue para ela e peça para vir aqui hoje à tarde, quando sair do banco.

— Falo eu ou fala o senhor com ela?

— Nós dois falamos. Escute uma coisa.

— Diga.

— Conhecendo seu vício em dados pessoais, você certamente tem todas as informações sobre as pessoas da lista dos Peritore. Nome do pai, nome da mãe, local de nascimento, parentes...

Fazio ficou vermelho.

— Sim.

— Está com essas informações aqui?

— Sim.

— Traga para mim e depois vá telefonar.

Fazio voltou cinco minutos depois com duas folhas na mão.

— Telefonei, ela disse que vem às sete. E estes são os dados.

— Vou olhar depois. Agora vou comer.

* * *

Depois de comer, sentado na pedra achatada e fumando, voltou a pensar em Angelica.

E se lembrou da amarga conclusão à qual tinha chegado naquela terrível noite quando refletira sobre o joguinho de Catarella.

Conclusão que havia rejeitado com todas as suas forças, mas que agora era impossível continuar deixando de lado.

Tinha chegado o momento da verdade. Não podia mais adiar.

Reparou que havia um homem no cais se dirigindo ao lugar onde ele estava.

Talvez viesse para fazer uma revisão no farol.

Então ouviu um barulho de motor diesel vindo da entrada do porto.

Virou-se para olhar.

Era um barco de pesca que voltava àquela hora incomum. Devia estar com problema no motor, porque o barulho soava irregular.

Nenhuma gaivota o seguia.

No passado, haveria umas dez atrás dele.

Mas, a essa altura, as gaivotas não estavam mais no mar, mas sim na cidade, em cima dos telhados das casas, procurando comida nas caçambas de lixo, junto com os ratos.

À noite ele também costumava ouvir o lamento, o desespero delas.

— Doutor...

Virou-se de repente.

Era Fazio.

Era ele que tinha visto e não o havia reconhecido.

Deu um pulo.

Olhou bem no fundo dos olhos de Fazio.

Era como se uma grande onda estivesse se formando dentro de sua cabeça.

Num instante, entendeu por que Fazio estava diante dele, com o rosto pálido, apesar do sol e da caminhada que havia feito.

— Está morta?

— Não, senhor, mas é grave.

Mais do que se sentar, Montalbano desabou na pedra.

Fazio foi para o lado dele e apoiou o braço nos seus ombros.

Montalbano sentia dentro da cabeça uma espécie de vento furioso que impedia que seus pensamentos se formassem, se concatenassem, eram como folhas caídas que o vento espalhava por todo lado; aliás, não eram nem pensamentos, mas pedaços, fragmentos, imagens que duravam um segundo e depois eram arrastadas para longe, desaparecendo.

Levou a mão à cabeça, quase como se, assim, pudesse parar aquele movimento caótico e incontrolável.

MeuDeusmeuDeusmeuDeusmeuDeus...

Era a única coisa que conseguia dizer, uma espécie de refrão que não era prece, mas um tipo de esconjuro, porém sem som, sem mexer os lábios.

Sentia o mesmo que um animal agonizante que havia sido ferido numa emboscada repentina, queria virar um caranguejo e correr para se entocar dentro do buraco de uma pedra.

Então, aos poucos, aquela tempestade, assim como tinha iniciado, começou a se dissipar.

Com as narinas dilatas, pôs-se a respirar fundo o ar marinho.

Fazio não desgrudava os olhos dele, preocupado.

Algum tempo depois, seu cérebro voltou a funcionar, mas o restante do corpo ainda não.

Sentia uma espécie de pressão no peito; percebeu que, se tentasse levantar, suas pernas não seriam capazes de suportar o peso.

Abriu a boca para falar, mas não conseguiu, sua garganta estava seca, como se estivesse queimada...

Então tirou o braço de Fazio de cima de seus ombros, inclinou o corpo completamente para a frente, correndo o risco de cair no mar, conseguiu tocar a água, afundou a mão nela e depois molhou os lábios e os lambeu.

Agora podia falar.

— Quando foi?

— Depois de uma e meia, quando saíram do banco para o almoço. Como o restaurante é perto, costumam ir a pé.

— Você a viu?

— Sim, assim que ligaram para o comissariado e entendi do que se tratava, fui correndo.

— E... você a viu?

— Sim.

— Como estava?

— Doutor, foi atingida bem no meio do peito. Felizmente, havia um médico que estancou o sangramento.

Sentiu dificuldade para fazer a pergunta de novo.

— Sim, mas como estava? Com dor? Reclamando?

— Não, senhor. Estava inconsciente.

Suspirou de alívio. Melhor assim. Agora se sentia em condições de ir em frente.

— Há testemunhas?

— Sim.

— Estão no comissariado?

— Sim. Mas mandei um só para lá, o que me pareceu ser mais preciso.

— Por que não me avisou imediatamente, antes de correr para o local? Você podia ter vindo me procurar ou ter telefonado para mim no Enzo.

— E o que iria fazer lá? E depois...

— E depois...?

— Não achei que fosse o caso. Primeiro queria estar certo de que Cosulich estava viva.

Teve a certeza de que Fazio havia intuído sua história com Angelica.

E logo teve a confirmação.

Fazio pigarreou.

— Se desejar que eu telefone para o Dr. Augello...

— E por quê?

— Para pedir que volte.

— E por quê?

— Caso o senhor não esteja disposto a fazer essa investigação...

Fazio estava claramente desconfortável.

— Estou disposto, não se preocupe. Tenho de estar, não tem jeito. Foi por uma falha minha que fizeram...

— Doutor, ninguém podia imaginar que...

— Eu deveria ter pensado, Fazio. Deveria ter imaginado, entende? E depois do telefonema anônimo não deveria tê-la deixado sem proteção nem por um momento.

Fazio emudeceu.

Então disse:

— Quer que o acompanhe a Montelusa, ao hospital?

— Não.

Não conseguiria vê-la estirada sem consciência numa cama de hospital. Mas talvez houvesse dito aquele não com muita firmeza, resoluto demais, porque Fazio o olhou um pouco surpreso.

— Mas se informe sobre o estado dela e se foi operada.

Fazio levantou-se e se distanciou alguns passos.

Falou ao celular durante o que pareceu uma eternidade para o comissário, depois voltou.

— A operação foi um sucesso. Está na UTI. Mas antes de 24 horas não podem liberar o prognóstico, pois ainda não sabem dizer se está fora de perigo ou não.

Agora tinha certeza de que as pernas o aguentariam.

— Vamos voltar ao comissariado — disse.

Mas para conseguir andar teve de se apoiar no braço de Fazio.

— Me deixe falar com a testemunha.

— É um contador, colega de Cosulich, se chama Gianni Falletta. Vou chamá-lo para o senhor.

Falletta tinha cerca de trinta anos e era bem elegante, pele bronzeada, com ar de inteligente.

Montalbano pediu que se sentasse. Fazio, que transcrevia a ata, lhe perguntou os dados pessoais. Depois o comissário interveio:

— Nos conte como aconteceu.

— Tínhamos saído nós todos em grupo para ir ao restaurante. Como é perto, sempre vamos a pé. Angelica andava sozinha um pouco mais à frente.

— Ela costumava fazer assim? Não ficava com vocês?

— Sim, mas tinham ligado para ela no celular e, então, instintivamente, apertou o passo.

— Continue.

— Saímos da rua principal, viramos a esquina e fomos em direção ao restaurante, que fica no fim da rua. De repente, ouvimos o estrondo de uma moto de alta cilindrada atrás de nós. Todos demos um passo para a direita e vi que Angelica tinha feito o mesmo.

— Desculpe, me parece que o senhor estava especialmente de olho na Srta. Cosulich.

Falletta ficou vermelho.

— Não especialmente... mas sabe como é... Angelica é uma mulher tão bonita...

Justo com quem estava falando!

— Vá em frente.

— Não é que a moto estivesse correndo... aliás, ia bem devagar... ultrapassou nosso grupo, ultrapassou Angelica e, naquele momento, o homem que estava atrás...

— Havia duas pessoas na moto?

— Sim, duas. Naquele momento, o que estava atrás se virou e atirou.

— Um tiro só?

— Dois.

Montalbano lançou um olhar interrogativo para Fazio e ele fez sinal de sim com a cabeça.

— Logo depois a moto acelerou e desapareceu — concluiu o contador.

— Conseguiu ver o rosto do homem que atirou?

— Até parece! Os dois estavam de capacete, com a viseira abaixada. Mas Angelica teve sorte, em certo sentido.

— Explique-se melhor.

— Vi claramente, no instante em que aquele homem esticava o braço para apontar a pistola, que a moto deu um solavanco violento, talvez tivesse entrado num buraco. O primeiro tiro não acertou nada, mas o segundo atingiu Angelica no meio do peito. Mas tenho certeza de que ele tinha mirado no coração.

— Conseguiu ver a placa?

— Não.

— Ninguém do grupo viu?

— Não, ninguém viu. Não imaginávamos que... E, além do mais, depois que atiraram, pode supor o que aconteceu... Foi uma correria generalizada... E, também, eu não estava pensando na placa...

— Por quê?

— Meu primeiro pensamento foi... Resumindo, correr em direção a Angelica, que tinha caído no meio da rua.

— Ela conseguiu dizer alguma coisa?

— Não. Quando me inclinei em direção a ela vi que estava pálida como um fantasma, os olhos fechados, e me pareceu que respirava com dificuldade... fora aquela mancha vermelha horrível que aumentava em sua blusa... Eu estava quase a levantando, mas um senhor, de uma sacada, me disse para não fazer isso, que ele estava descendo. Ele era médico e tinha um consultório lá perto. Quando chegou, ele não só já tinha chamado a ambulância, como também imediatamente começou a estancar o sangramento.

— Obrigado, Sr. Falletta.

— Posso dizer uma coisa?

— Claro.

— Nesses últimos dias, a pobre Angelica não estava, como posso dizer, sendo ela mesma.

— E como estava?

— Não sei... muito nervosa... às vezes até grosseira... era como se estivesse com o pensamento em alguma coisa... desagradável, é isso. Sabe, comissário? Há seis meses, desde que Cosulich chegou para trabalhar com a gente, o clima do banco mudou... ficou mais alegre... mais habitável... Angelica tem um sorriso que...

Parou. Até agora tinha conseguido se controlar, mas de repente seus lábios começaram a tremer, com a lembrança do sorriso de Angelica.

E Montalbano entendeu que o contador Falletta também estava perdidamente apaixonado por ela.

Teve pena dele.

* * *

Quando Fazio voltou, depois de ter acompanhado Falletta até a saída, Montalbano lhe perguntou sobre o celular.

— Da moça? Quando a ambulância chegou, passou por cima dele e o despedaçou. E não foi só isso, os restos foram parar dentro de um bueiro.

— Por que não pensou em pegá-lo logo?

— Porque a ambulância já tinha chegado quando me disseram que Cosulich estava falando ao celular. Tarde demais, o estrago já estava feito.

Montalbano pegou o telefone.

— Catarella? Ligue para o diretor do banco siciliano--americano e depois me passe.

— O nome dele é Filippone — informou Fazio. — E é um sujeito bem antipático. Um dos empregados foi avisá-lo e ele chegou correndo. E então...

— Não almoça com todo mundo?

— Não, senhor. Come algumas frutas no escritório. Resumindo, chegou e a única coisa que ficou repetindo, enquanto esperava a ambulância, era que o banco sairia prejudicado com aquela história.

O telefone tocou. Montalbano colocou no viva voz.

— Dr. Filippone? Aqui é o comissário Montalbano.

— Bom dia, fale.

— Eu estava precisando de algumas informações.

— Bancárias?

— Desculpe, se eu telefono para um banco, que informações espere que eu peça? Sobre o andamento da nova onda de gripe na Malásia?

— Não, mas, veja, temos obrigação de manter o sigilo bancário. E, por outro lado, prezamos a plena transparência, absoluto respeito pelas prerrogativas que...

— Quero a lista dos seus clientes imediatamente. Isso não é sigiloso.

— Por que a quer? — perguntou Filippone, alarmado.

— Porque sim. Nós também temos obrigação de seguir com a investigação em sigilo.

— Investigação? — indagou Filippone, aterrorizado. — Escute, comissário, falar sobre esses assuntos ao telefone não é...

— Então venha aqui. E rápido.

Fazio sorriu para o comissário.

— Você o está fazendo pagar, hein!

Filippone chegou ao comissariado suado e ofegante.

Era um cinquentão gorducho, sua pele possuía um tom rosado e praticamente não tinha barba; talvez tivesse algum parentesco distante com uma raça suína.

— Não ache que eu queria de algum modo atrapalhar... — disse, sentando-se dignamente.

— Não acho — disse Montalbano. — Fazio, você acha que eu pensaria algo assim?

— Não acho — disse Fazio.

— Está vendo? São apenas algumas perguntas para a investigação. Entre seus clientes há algum que pertence à família Cuffaro?

— Não entendo ao que o senhor quer se referir com o uso da palavra "família".

— Há quanto tempo dirige a filial do banco em Vigata?

— Há dois anos.

— É siciliano?

— Sim.

— Então não venha me dizer que não sabe qual é o significado da palavra família para nós.

— Bem... De todo modo, não tenho nenhum cliente Cuffaro.
A outra família mafiosa de Vigata era a Sinagra.

— E da Sinagra?

Filippone enxugou o suor da testa.

— Haveria Ernesto Ficarra, que é um sobrinho de...

— Sei quem é.

Montalbano fez uma anotação.

— Quantas informações de crédito você já passou para ele?

Filippone empalideceu. Agora um rio de suor escorria pela sua cara de porco.

— Como vocês souberam?

— Nós sabemos tudo — disse o comissário, que jogou um verde e acertou em cheio. — Responda à minha pergunta.

— De... dei... mui... muitas.

— O senhor sabe que Ernesto Ficarra atualmente está sendo processado por associação mafiosa, tráfico de drogas e lenocínio?

— Bem, correram alguns boatos...

— Alguns boatos! E o senhor chama isso de transparência?

Filippone agora estava encharcado.

— Uma última pergunta e depois me fará a gentileza de se retirar. Você tem algum cliente chamado Michele Pennino?

Filippone ficou um pouco mais animado.

— Não mais.

— Por quê?

— Bem... sem motivo quis retirar os...

— Sem motivo? O senhor sabe que está arriscando feio em não me dizer a verdade?

Filippone murchou.

— Eu tinha dado ordem à Srta. Cosulich de... de não se escandalizar demais sobre as declarações de proveniência das quantias que Pennino depositava...

— Mas, um belo dia, Cosulich se revoltou e não aceitou o depósito, então Pennino mudou de banco. Foi isso?

— Sim.

— Está liberado.

— O senhor acha que foi Pennino que...

— Nem sonhando. Eu só queria saber se, quando Cosulich me disse os nomes de Pennino e de Parisi, fez isso para me despistar. Tentei falar sobre o assunto de uma maneira que conseguisse assustá-lo e confundi-lo.

— Mas Cosulich tinha lhe dito a verdade.

— Em parte — admitiu Montalbano.

Fazio abriu a boca, mas a fechou logo depois.

— Enquanto isso — o comissário voltou a falar —, você não precisa mais continuar se informando sobre os últimos meses dos integrantes do grupo de amigos dos Peritore.

— Por quê?

— Porque o contador Falletta nos disse.

— Falletta?! E o que era?

— A novidade foi que Cosulich chegou a Vigata há seis meses. Talvez ela tenha me dito, mas eu posso ter esquecido. Agora precisamos saber quem foi que a inseriu no grupo tão rápido. É de extrema urgência.

Fazio ficou mudo por um longo tempo.

Então, encarando a ponta dos sapatos, falou:

— Doutor, quando vai resolver me dizer tudo o que sabe ou pensa sobre Cosulich?

Montalbano esperava essa pergunta havia tempo.

— Vou lhe dizer em breve. Mas me traga notícias sobre o último nome, Schirò. Agora vou para Marinella, estou cansado. Nos vemos amanhã de manhã.

Dezoito

Estava na varanda sem ter comido, com um nó na garganta, era como se mãos o estrangulassem.

> – *Cuidados que ora ardeis, ora gelais,*
> *Dor que consomes como surda lima,*
> *Que farei...*

Não, chega de Ariosto. E, principalmente, nada de pensar mais na Angelica de sua juventude. Só havia uma coisa a fazer, era inútil continuar a se perguntar. Precisava seguir em frente, embora lhe custasse muito, demais.

Tirou do bolso as duas folhas com os dados pessoais que Fazio lhe dera e que havia pegado antes de sair do comissariado, e começou a estudá-los.

Mas nem ele sabia o que procurava.

Então parou, de repente.

Porque então, no fundo de sua mente, algumas palavras de Angelica haviam ressoado.

... minha mãe era de Vigata... nem meu pai é vivo... um terrível acidente aqui... eu tinha cinco anos...

Sentiu uma espécie de onda de calor tão forte que teve de se levantar e se meter debaixo do chuveiro.

Voltou à varanda e leu os dados de Angelica.

Angelica Cosulich, finado Dario e finada Clementina Baio, nascida em Trieste em 6 de setembro de 1979, residente...

Foi tomado por uma espécie de inquietação. Levantou-se e ligou para o comissariado.

— Às ordens, dotor.

— Catarè, está disposto a trabalhar até tarde da noite?

— Por vossinhoria, mil noites, dotor!

— Obrigado. O arquivo do *Giornale dell'Isola* é todo computadorizado, certo?

— Sim. Já fizemos uma cunsulta uma vez.

— Então procure pelo ano de 1984. Veja se há alguma notícia de um acidente de carro no qual duas pessoas perderam a vida, marido e mulher, que se chamavam, escreva direito, Dario Cosulich e Clementina Baio. Repita os nomes.

— Vario Cosulicchio e Clementina Pario.

— Vou ditar de novo. Escreva direito. E, assim que achar a notícia, me ligue em Marinella.

Ainda bem que a noite era de uma beleza relaxante e tranquila.

Bastava que Montalbano olhasse o mar ou o céu para sentir um alívio no nervosismo.

Estava no sexto copo de uísque e acabara de começar o segundo maço de cigarros quando o telefone tocou.

— Achei, dotor, achei! Achei e imprimi!

A voz de Catarella era triunfante.

— Leia para mim.

Catarella começou a ler.

Vigata, 3 de outubro de 1984.

Do nosso correspondente. Esta manhã, pela faxineira, foram encontrados, em uma casa na via Rosolino Pilo 104, os corpos sem vida de Dario Cosulich, de quarenta e cinco anos, e de sua mulher Clementina Baio, de quarenta anos. Tratou-se de um homicídio seguido de suicídio.

Cosulich, após ter matado a mulher com um tiro de pistola, deu um tiro em si mesmo. Dario Cosulich, de Trieste, havia se mudado sete anos antes para a nossa cidade abrindo uma loja de venda de tecidos por atacado. Depois de um início próspero, os negócios começaram a desandar. Uma semana antes do acontecimento trágico, Cosulich teve de pedir falência. Descartaram a hipótese de ciúme. Parece que Cosulich não conseguia mais atender as ávidas exigências dos agiotas aos quais tivera de se dirigir.

Faltava apenas a última peça do quebra-cabeça que já tinha com clareza em sua frente. Voltou à varanda e recomeçou a ler as folhas com os dados.

Mas logo percebeu que sua visão estava perdendo o foco.

E, ao chegar ao décimo primeiro nome, o de Schisa Ettore, que estava na segunda folha, sentiu uma espécie de choque elétrico.

Então voltou a ler os nomes da primeira folha.

Foi quando, de repente, chegou à conclusão de que talvez tivesse encontrado a última peça que faltava.

Angelica Cosulich, finado Dario e finada Clementina Baio, nascida em Trieste em 6 de setembro de 1979, residente em Vigata na via...

Ettore Schisa, finado Emanuele e Francesca Baio, nascido em Vigata em 13 de fevereiro de 1975, residente em Vigata na via...

Uma pequena coincidência, claro, que podia, numa verificação, se revelar completamente indiferente.

Talvez Fazio, com Schisa, houvesse acertado.

Olhou o relógio. Já passava de uma da manhã. Tarde demais para qualquer coisa.

212

Do mar, de repente, uma voz lhe gritou:

— Comissário Montalbano! Vá para a cama!

Devia ser alguém num barco que queria tirar sarro dele e no escuro não se via.

Levantou-se.

— Obrigado! Vou aceitar seu conselho! — gritou ele.

E foi se deitar.

O telefone o despertou às oito da manhã. Era Fazio.

— Doutor, só para lhe dizer que liguei para um amigo que está no hospital. A Srta. Cosulich passou uma ótima noite e os médicos estão impressionados com sua rápida melhora.

— Obrigado. Onde você está?

— No comissariado.

— As folhas com os dados pessoais que me deu são originais ou cópias?

— São cópias. Estou com os originais aqui.

— Teve tempo de olhá-los?

— Não, senhor.

— Então pegue e compare os dados de Cosulich e de Schisa.

— Merda! — exclamou Fazio instantes depois.

— Agora, enquanto eu tomo uma ducha e me visto, você pode acionar seu modo mestre do fichamento. Está claro?

— Sim. Vou imediatamente à prefeitura.

— Ah, quando sair, peça para Catarella a notícia que ele leu para mim esta noite e dê uma olhada.

Duas xícaras de café o fizeram restabelecer a lucidez. Seria um dia difícil. No comissariado, encontrou Fazio.

— Estive no departamento de registro civil. Clementina e Francesca Baio eram irmãs. E o que fazemos agora?

— Agora é só seguirmos o script. Vamos fazer uma visita ao Dr. Ettore Schisa.

— Doutor, me desculpe se tomo a liberdade, mas não seria melhor deixar o promotor público a par de tudo antes?

— Seria melhor, mas não estou a fim de perder tempo. Quero me livrar disso tudo o mais rápido possível. Vamos. Você tem um gravador de bolso?

— Sim, vou pegar.

Em frente ao número 48 da via Risorgimento, Fazio parou. Era um prédio de quatro andares, um pouco descuidado.

— Schisa mora no segundo andar — disse Fazio.

Entraram no prédio. Não havia nem porteiro nem elevador. Enquanto subiam, Fazio pegou o revólver, enfiou-o no cinto da calça e abotoou o paletó. Montalbano o observou.

— Doutor, lembre-se que esse sujeito é meio doido.

Fazio tocou a campainha. A porta foi aberta pouco depois.

— Dr. Ettore Schisa? — perguntou Montalbano.

— Sim.

O comissário ficou desorientado.

Schisa não devia ter nem trinta e cinco anos, mas o homem diante dele parecia ter uns cinquenta e, além de tudo, mal vividos.

Desleixado, de pantufas, a barba comprida, os cabelos despenteados, não mudava a camisa havia dias, o colarinho estava cinza de gordura.

Tinha olhos vidrados como os de um doente ou de um drogado. Suas olheiras eram tão profundas que pareciam pintadas e o faziam parecer um palhaço.

— Sou o comissário Montalbano e este é o inspetor-chefe Fazio.

— Por favor — disse Schisa, chegando para o lado.

Entraram. Montalbano logo sentiu que o ar dentro daquela casa era adoentado, pesado, irrespirável. Não havia o mínimo de ordem dentro dos cômodos enormes. Passando para ir à sala, Montalbano viu um prato com restos de macarrão em cima de uma cadeira no corredor, um par de meias numa mesinha, calças, livros, camisas, copos, garrafas, xícaras de café imundas espalhadas pelo chão. Schisa os acomodou.

Para conseguir se sentar na poltrona, Montalbano teve de tirar uma cueca usada e fedida que estava em cima dela. Por sua vez, Fazio tirou um cinzeiro cheio de guimbas de cigarro.

— Dr. Schisa, nós viemos para... — começou o comissário.

— Sei por que vieram — Schisa o interrompeu.

O comissário e Fazio se entreolharam rápido.

Talvez a coisa fosse mais simples do que tinham pensado.

— E então nos diga o senhor — disse Montalbano.

— Posso acionar o gravador? — perguntou Fazio.

— Sim. Vocês vieram por causa dos roubos.

E acendeu um cigarro. Montalbano notou que suas mãos tremiam.

— Acertou — disse o comissário.

Schisa levantou-se.

— Não quero que percam tempo. Me sigam, por favor.

Eles o seguiram.

Parou diante da porta do último cômodo de um corredor comprido. Abriu-a, acendeu a luz, entrou.

— Aqui estão todos os objetos roubados. Sem tirar nem pôr.

Montalbano e Fazio ficaram confusos. Não esperavam por isso.

— Então não era verdade o que me escreveu? — perguntou o comissário.

215

— Não. Os três sempre foram pagos por mim em dinheiro depois de cada furto. Eles faziam uma avaliação, uma estimativa, e eu pagava. Acabei na miséria, não sobrou um euro sequer.

— Como conseguiu o dinheiro?

— Com meu salário de médico de família, nunca teria conseguido juntar o dinheiro de que precisava. Anos atrás ganhei uma grande quantia na loteria esportiva e guardei.

— O senhor permite que eu dê uma olhada? — disse Fazio.

— Fique à vontade.

Fazio entrou no quarto, inclinando-se para olhar as coisas jogadas no chão em desordem. Os quadros estavam encostados na parede.

— Me parece que faltam as joias e os casacos de pele denunciados pela Srta. Cosulich — disse ao fim da inspeção.

— Faltam porque nunca foram roubados. Nunca existiram — disse Schisa.

— Então o suposto roubo foi para encobrir Cosulich de algum jeito, certo? — perguntou Montalbano.

— Exatamente. Vamos voltar para lá?

Foram para a sala.

— Agora sou eu que faço as perguntas — disse o comissário. — O senhor, Dr. Schisa, arquitetou uma série de roubos para despistar o único que realmente era do seu interesse, o da casa dos Pirrera. O que havia no cofre?

— Pirrera era um usurário imundo sem nenhum escrúpulo. Arruinou dezenas de famílias. Incluindo a de Angelica e a minha.

— Por que a sua?

— Porque meu pai e Dario Cosulich se casaram com as irmãs Baio. E meu pai era sócio de Dario na loja de tecidos. Tio Dario matou a mulher e atirou em si mesmo, meu pai morreu de desgosto dois anos depois. Desde então só consegui pensar em vingá-los.

— Responda à pergunta: o que havia no cofre?

— Dois vídeos em Super 8. E algumas fotografias. Quando suas vítimas não tinham mais dinheiro, ele exigia pagamentos "in natura". Os vídeos o mostram em ação com duas meninas, uma de sete e a outra de nove anos. Quer vê-los?

— Não — disse Montalbano fazendo uma careta. — Mas como o senhor tomou conhecimento deles?

— Porque Pirrera se divertia mostrando-os às infelizes que eram obrigadas a ir para a cama com ele. Eu consegui encontrar uma dessas mulheres e paguei para que me concedesse uma declaração escrita.

— Quando tomou a decisão de se vingar?

— Desde a adolescência. Sempre pensava nisso, mas não sabia como fazer.

— Foi a chegada de sua prima Angelica que...

— Sim. Tudo começou a tomar forma quando Angelica se mudou para cá. Conversamos sobre o assunto durante várias noites. Ela, no início, resistia, era contra, mas depois, aos poucos, consegui convencê-la.

— Como fizeram para recrutar os ladrões?

— Eu sabia que Angelica... resumindo, ela de vez em quando se encontrava com...

— Sei de tudo — disse Montalbano.

— Então, sugeri que ela procurasse, entre aqueles homens, se havia algum disposto a... Enfim, um dia esbarrou com o homem certo. Angelo Tumminello. O que foi ferido por um agente de vocês e que os outros dois mataram.

— Pode me dar os nomes dos dois companheiros de Tumminello?

— Claro. Eles se chamam Salvatore Geloso e Vito Indelicato. São de Sicudiana.

Fazio escreveu os nomes num papelzinho.

— Agora me diga por que os dois atiraram em Cosulich.

— Isso é uma história mais complexa. Veja, quando o senhor foi à casa de Angelica depois do roubo, ela me disse, na presença dos outros três, que vocês tinham ficado próximos. Tanto é verdade que o senhor aceitou não falar sobre o roubo no quarto que Angelica tem na mansão do primo.

— Um momento — o comissário o interrompeu. — Vocês se reuniam lá para organizar os roubos?

— Sim. Então, Tumminello lhe sugeriu que grudasse no senhor, para que pudéssemos saber com antecedência seus movimentos.

Fazio estava estudando o chão, não ousava levantar a cabeça.

— Quando o senhor lhe disse que ficaria de tocaia para vigiar a casa dos Sciortino, eu lhe propus que fosse ao seu encontro. E ela aceitou. Mas nos telefonou pouco depois dizendo que tinha recebido uma ligação sua, comissário, em que o senhor lhe comunicava que aquela tocaia tinha sido cancelada. É verdade?

Fazio levantou a cabeça de repente e o olhou.

Montalbano foi pego de surpresa, mas se reestabeleceu de imediato, enquanto dois sinos em dia de festa começaram a tocar dentro dele.

— É verdade — admitiu.

Era uma mentira cabeluda, mas àquela altura...

— Mas quando os três caíram na armadilha e Tumminello foi ferido, os outros dois se convenceram de que Angelica os traíra — continuou Schisa.

— A frase que o senhor escreveu na carta anônima sobre a possiblidade de um fator imprevisto se referia à eventual traição de Angelica?

— Sim.

— Portanto, como seus cúmplices, não confiava mais nela?

— Meu Deus, no início eu estava em dúvida. Depois me convenci de que Angelica não tinha nos traído. Telefonei para ela e senti que estava sendo sincera. Disse isso aos outros, mas...

— A respeito das cartas anônimas. Na primeira, na qual queria me encrencar, o senhor não revelou o verdadeiro uso que Angelica fazia do quartinho. Por quê?

— Eu não tinha nenhum interesse em desmoralizá-la ou colocá-la em apuros. Pelo contrário, era meu dever protegê-la.

Como no jogo de Catarella. Ele tinha acertado.

— Vá em frente.

— Tenho pouco a dizer. Tentei convencê-los de que estavam enganados, mas foi inútil.

— Foi o senhor que telefonou, mudando a voz, para me prevenir sobre o perigo de morte que Cosulich corria?

— Sim, me pareceu uma boa ideia, mas os desgraçados encontraram um jeito de atirar nela mesmo assim.

— O senhor participou pessoalmente do roubo na casa dos Pirrera?

— Tumminello já tinha sido morto. Eu não pude abrir mão disso. Caso contrário todo o meu trabalho teria sido em vão.

— Quando tomou posse dos vídeos e das fotos ligou imediatamente para Pirrera?

— Na mesma noite. Eu lhe disse que, no dia seguinte, mandaria, anonimamente, todo o material ao senhor, comissário.

— Sabia qual seria a consequência de seu telefonema?

— Como não? Eu estava contando que se matasse! Eu desejava com todas as forças! Rezava para Deus! E ele fez isso, o imundo!

E começou a rir.

Foi uma cena terrível, porque não parou mais.

Rolava no chão e ria. Batia a cabeça na parede e ria.

Em determinado momento, estava babando. Então Fazio interviu. Chegou perto dele e lhe deu um grande murro no queixo. Schisa caiu no chão inconsciente e Fazio se agarrou ao celular para chamar reforço. Tinham de revistar o apartamento todo, fazer o inventário, resumindo, era muito trabalho.

— Chame um médico também — sugeriu-lhe Montalbano.

De fato, Schisa, quando se recuperou, voltou a rir se babando.

Não conseguia ficar de pé e, se o botavam sentado, se estatelava no chão feito gelatina.

Então o comissário entendeu que dificilmente Schisa voltaria a ser normal.

Alguma coisa havia se quebrado dentro dele. Por anos foi consumido pelo desejo de vingança e, agora que a conseguira, todo o seu corpo, o cérebro, os nervos e os músculos tinham se deteriorado.

O médico chamou a ambulância e o levou embora.

Só quando Fazio encontrou os vídeos e as fotografias, Montalbano deixou o apartamento. Encontrara uma foto de Angelica com Schisa e a colocara no bolso.

Entrou no carro e foi falar com Tommaseo.

Contou-lhe tudo, destacando o fato de que os objetos roubados haviam sido completamente recuperados, que Schisa era um louco, que, de todo modo, não tinha matado ninguém, que tinha boas razões para se vingar e que Angelica havia sido completamente subornada pelo primo.

Tommaseo divulgou imediatamente a ordem de captura para Geloso e Indelicato. Depois, com ar interessado, o promotor público perguntou:

— Como é a moça?

Sem dizer uma palavra Montalbano tirou a foto do bolso e lhe entregou.

Tommaseo ficava de cabeça virada com qualquer rabo de saia. E, coitado, não se conhecia uma mulher dele.

— Jesus! — disse, de fato, o promotor público, babando mais que Schisa.

Quando voltou a Vigàta já passava de duas da manhã. Não estava com fome, mas mesmo assim deu a volta pelo cais.

Agora que tinha feito quase tudo o que tinha para fazer, porque ainda faltava a parte mais difícil, um único pensamento ocupava sua mente.

Sempre o mesmo.

Sentou-se na pedra achatada.

Sobe, enfim uma pedra a ver o mar:
Faz-se pedra entre as pedras do lugar.

Imóvel, com um só pensamento.

Angelica não me traiu.

E não conseguia entender se aquele pensamento lhe dava prazer ou dor.

Não queria ir ao comissariado. E mil vezes amaldiçoou sua profissão.

Mas o que devia ser feito devia ser feito.

— Conversei com o médico — disse Fazio. — Cosulich está em condições de receber a intimação.

Olhou seu chefe e então disse com voz neutra:

— Se quiser ficar aqui, eu vou sozinho.

Seria um ato covarde.

— Não, vou com você.

Não abriram a boca durante todo o trajeto.

Fazio se informara sobre o número do quarto; foi ele que guiou o comissário, que andava como um robô.

Fazio abriu a porta do quarto e entrou.

Montalbano ficou no corredor.

— Srta. Cosulich — disse Fazio.

Montalbano contou até três, juntou todas as suas forças e entrou também.

A cabeceira da cama estava um pouco levantada.

Angelica estava com a máscara de oxigênio e olhava Fazio.

Mas, assim que viu Montalbano entrar, sorriu.

O quarto se iluminou.

O comissário fechou os olhos e os manteve cerrados.

— Angelica Cosulich, a senhorita está presa — ouviu Fazio dizer.

Então deu as costas e foi embora do hospital.

Nota

Em Roma, há algum tempo, uma gangue roubou vários apartamentos com a técnica descrita neste romance.

Todo o restante, nomes de pessoas, de institutos, acontecimentos, situações, ambientes e qualquer outra coisa são invenção minha e não têm nenhuma relação com a realidade.

Admitindo-se que, de um romance, a realidade não deve ser considerada.

O sorriso de Angelica é o primeiro livro que publico com Sellerio depois do falecimento da minha amiga Elvira.

Elvira, após a leitura do datiloscrito, me telefonou me indicando um erro colossal que havia escapado das diversas e atentas revisões minhas e de outros.

Lembro esse fato aqui apenas para contar a vocês e recordar a mim o cuidado, a atenção e o afeto com os quais Elvira lia seus autores.

A. C.

Este livro foi composto na tipografia Adobe Garamond Pro,
em corpo 11,5/15, e impresso em papel off-white
no Sistema Digital Instant Duplex da
Divisão Gráfica da Distribuidora Record.